AQUARIUS

AQUARIUS

AQUARIUS

AQUARIUS

每個人心中都有一座島嶼，
藉文字呼息而靜謐，
Island，我們心靈的岸。

能不能請你安靜點？

WILL
YOU
PLEASE
BE
QUIET,
PLEASE?

瑞蒙・卡佛 Raymond Carver 余國芳譯

他們推崇卡佛，為他瘋狂

藝文界

王盛弘（作家）
王聰威（小說家）
甘耀明（小說家）
向陽（詩人）
李佳穎（小說家）
李維菁（小說家）
李志薔（作家）
吳鈞堯（小說家）
何致和（小說家）
東年（小說家）
高翊峰（小說家）
凌性傑（詩人）

藝文界

梁文道（評論家）
陳育虹（詩人）
賀景濱（小說家）
楊　照（評論家）
劉梓潔（作家）
黎紫書（小說家）
蔡逸君（小說家）
駱以軍（小說家）
鍾文音（小說家）
顏忠賢（作家）

（按姓名筆劃順序排列）

文學教授

李瑞騰（中央大學中文系教授）
邱貴芬（中興大學台文所特聘教授）
紀大偉（政治大學台灣文學研究所助理教授）
郝譽翔（中正大學台文所教授）
陳芳明（政治大學台灣文學研究所所長）
郭強生（國立東華大學英美語文學系教授）
梅家玲（台灣大學台文所教授）
須文蔚（國立東華大學華文文學系主任）
馮品佳（交通大學外文系教授）
黃錦樹（暨南大學中文系教授）
廖炳惠（美國加州大學聖地牙哥分校教授）
鍾怡雯（元智大學中語系副教授）

（按姓名筆劃順序排列）

通路書店
&報紙媒體

宇文正（聯合副刊主任）

孫梓評（自由副刊副主編）

傅月庵（茉莉二手書店執行總監）

楊澤（中時人間副刊主編）

（按姓名筆劃順序排列）

他們為卡佛讚嘆

村上春樹——

「在『想要親手把這麼棒的作家介紹給日本人』的熱情推動下，我著手了卡佛作品的翻譯。這樣的熱情與想法，讓我能夠持續十年翻譯瑞蒙・卡佛的作品。對我來說，翻譯卡佛的作品是無法計量的貴重學習。若說，我現在對翻譯卡佛的作品尚有遺憾，那就是：卡佛留下來的六十五篇短篇小說，我已經都譯完了。」

梁文道——

「契訶夫以降，單憑短篇小說便能成名的作家恐怕數不出多少個，而瑞蒙・

卡佛便是其中最受推崇也最有影響力的一位。因為他那招牌的簡約風格總能在省略中埋下張力，於空白處填上不可以言語形容的無奈、憂鬱與孤獨。在他筆下，短篇小說成了現代生活的最佳畫像，雖然冷峻，但種種細瑣無聊的吉光片羽卻又蒙上了一層神祕的詩意；猶如文學中的Edward Hopper，是我們這個時代留給後人的記號。」

顏忠賢——

「瑞蒙．卡佛是個悶的很有意思的傢伙。他使最日常生活的索然無味變成最著名的困境。使美國的自豪或不曾自豪的庸俗變成可怕的最具這個時代精神的災難。無法逃離。一如我們。」

李維菁——

「我好愛瑞蒙．卡佛！我曾經一度把他的小說集翻到快爛掉，對我的寫作有相當影響！」

陳育虹——

「被譽為『美國契訶夫』的他做過鋸木工人、門房、送貨員、圖書館助理；他說他不是『天生的』詩人或任何什麼，他只相信最好的藝術絕對根植在現實生活中，而寫作是為了溝通。精確簡約是他文字的特色，『最終，我們一切所有，只是文字；而最好這些文字是精確的，標點點在對的地方。』他說。」

劉梓潔——

「寶瓶問我可否推薦卡佛，看到信我就尖叫……我才剛從美國買了卡佛這本書的原文版！買時還一邊碎碎唸，怎麼台灣出版社都沒有眼光引進……」

王聰威——

「有些小說很明顯的，你一讀就知道如此驚心動魄的事情不太可能會在你的日常生活裡出現，比方說《卡拉馬助夫兄弟們》，這實在太難了吧。另外當然有些小說相當平淡，可能比你的日常生活更無聊，同樣的，你絕對不會想到：『啊，我的生活跟小說一樣！』

瑞蒙．卡佛的小說卻恰如其分地讓我覺得日常生活有一種『小說感』，也就因此感到非常可怕。每日，我如同一般的狀況下平凡地生活著，沒有什麼好炫耀的人生，但是卻有什麼惡意的東西隱藏在街角等著撲殺我。這一日沒有發生，也許就在下一日發生，總之是無可避免的，無法挽救的，一定會來臨的，不在這處街角，就在另一處街角。讀瑞蒙．卡佛的小說，就像人生已被透視，並無情地被提早告知了。」

蔡逸君——

「他的小說這麼的好，找不知道該用什麼文字才能表達崇敬，只能在心裡喃喃：太好了太好了……」

王盛弘——

「以簡約的文字與結構，逼視粗礪、曖昧，複雜萬分的生活切片。」

何致和——

「閱讀卡佛，讓我想起小學時代那位紮著馬尾、戴著圓框眼鏡，連續四年作文比賽都拿第一名的女生。有時候我們只能遠遠看著這些人的背影，他們巨大到讓你連想要超越的念頭都不致於產生。也幸好有這些人的存在，我們才能充份享受到自在與安全，有如在烈日底下躲進龐大石像陰影面那般舒暢。」

李志薔——

「以最少的文字，寫出最荒涼的人心；幾十年後，瑞蒙卡佛的小說依舊擄獲了村上春樹、蘇童和我等之心。事實上，我是在讀過卡佛的小說之後，才算窺進短篇小說的堂奧。我也建議所有想寫小說的新人，都應該先從卡佛讀起。」

甘耀明——

「瑞蒙．卡佛不像記者寫些聳動的新聞來嚇人，而像日常的觀察者，挖出平日的生活樣貌。他的小說看似尋常，裡頭卻遮藏銳利的細節，每看完一篇後總會令人大喊：『他太厲害了，幫我偷窺到了鄰居的祕辛。』」

高翊峰——

「我深深相信，如果海明威的短篇堆砌出美國文學的一座高峰，瑞蒙．卡佛的小說，誕生於這座峰頂；如果海明威終一生成就了『冰山理論』的文學價值，卡佛以一生削去冰山菱角，寫成他願意留落漂浮的六十五篇短篇，都是裸露水面的八分之一。」

凌性傑——

「瑞蒙．卡佛《能不能請你安靜點？》讓我看見現代生活的冰山一角，沒說出的部分永遠比說出的多更多。特別是那些故事，以一種幾乎沒有大事的悲哀，給了我深深的一擊。他筆下的一切，或許就是現代人的宿命。」

郝譽翔——

「卡佛總是使用最簡單平凡的字句，卻能迅速切出人生中最無奈的片刻，和最荒謬的悲喜。他的小說從頭到尾沒有冷場，就像一塊透明而冷冽的水晶，讓人看過之後就一輩子難以忘記。」

傅月庵——

「有一種作家，小說寫得密密麻麻，看得你透不過氣來，彷彿被掐著脖子，只得說好！瑞蒙．卡佛不是這種的。他的文筆精鍊，用字準確，絕不浪費一個字。『狀難寫之情，如在目前；含不盡之意，見於言外』。這種功夫，一如中國畫裡的『留白』，讓你能呼吸，能思索，能對話。所以，我們都愛卡佛，他不掐人脖子！」

孫梓評——

「電影『Happy Few』裡，能完美脫軌而又順利回到現實，畢竟只是少少幸運兒的故事——大多數同於你我的黏膩人生，或許更像《能不能請你安靜點？》一篇，時而是被占有欲緊控的丈夫，時而是憧想起『偶發邂逅』的妻，這樣掙扎拉扯而使生活趨於薄脆。閱讀這些戛然而止的短故事，除了經驗著文字的簡潔，轉折的俐落，也窘迫地發現：自己與他人的困境竟相互抄襲，這一切，瑞蒙．卡佛都知道。」

目錄

【導讀】

用生命煎熬出來的文學傳奇

文／南方朔

瑞蒙．卡佛（Raymond Carver, 1938-1988）乃是二十世紀美國文學上的一個奇蹟和一則傳奇。他出身寒微，為下層工人之子，自己中學畢業後即早婚生子。二十歲就得忙著一家四口的生活，從這個工作地點搬到另一個工作地點。看起來這種辛苦工作的人生似乎沒什麼盡頭，他並因此而成了酗酒之徒；但儘管人生似乎已拋棄了他，而他卻從未真的放棄人生，對文學堅持不變的執愛，最後終於將他從生命的困境中解救。一九八三年，他得到「米德瑞暨哈洛史特勞斯生活年金獎」（Mildred & Harold Strauss Living Award），每年可獲得免稅年俸三萬五千美元，為期五年，他的窘境才徹底解除。

瑞蒙．卡佛以對文學至終不變的熱愛拯救了自己的人生，而他回報整個世界的，乃是他也拯救了文學。一九六〇年代以來，美國文學進入各式各樣的先鋒實驗主義大盛的年代，用理論一點的說法，那是文學上的知識分子本位主義（Intellectual Egoism）掛帥：對文學的風格、敘述方式及語言表達都根據知識分子的偏好任意界定，它雖造成文學上看起來熱鬧和多采多姿，但反而言之，卻也等於將一般讀者驅逐到了文學之外，在這種大趨勢下，瑞蒙．卡佛這個名不見經傳的小人物，卻悶聲不響，沒有任何理論靠山下，默默的去寫他那些不張揚的故事，他對文學的誠實謙卑不做作，使他連繫上了海明威的傳統，他成了二十世紀重要的短篇小說作家，也是一九八〇年代文學重振活力的先行者。他的作品精簡，沒有任何知識分子因為理論先行而產生的文藝腔，都是些小人物，如餐廳服務生、推銷員、失業者、郵差、護士、麵包師等的生命質感。他沒有去強調這些人的身分階級，只是稱之為「工作糊口的人」（working people），乃是他拒絕把人概念化和定格化，以至於疏忽了每個個人的生命感覺。他的寫作就是以直觀為中心，去觀察每個人生命情境中有感應的場景，而沒有像許多知識分子作家一樣去層層疊疊加上自己的觀點，提示或者自以為是的說明。由於自己觀察的眼光清澈透明，他的敘述也簡潔透明。他的文學啟蒙老師，後來成為終生至友的作家嘉德納（John

Gardner）就曾期勉他寫作要簡潔。「十五個字可以講清楚的就不要用二十個字」。後來他的作品編輯，也是作家的利希（Gordon Lish）也一度說：「能三個字講清楚的就連十五個字都不必。」敘述的簡潔，後來的評論家們幾乎毫無例外的都視他為文學極簡主義（Minimalism）的代表人物。對於這個標籤，他不是很喜歡。他即表示過：「批評家討論我的作品時，經常稱之為極簡主義，但這種稱呼卻讓我很困擾，因為它似乎是在指作品的生命觀點狹窄，缺乏企圖，文化視野不足。坦白說，我認為這種觀點並不符合我的作品。我的作品精實，乃是我不想敘述時加油添醋搞得太過分。」

不過，他雖不喜歡「極簡主義」這種稱呼，但他終究還是承認自己精簡的寫作風格。他用海明威的話來做注解，「文章是建築，而非室內裝潢。巴洛克風格的時代結束了。」海明威的文字敘述精簡，渲染鋪陳的東西少，沒有雕欄畫棟這種矯飾的表現。瑞蒙・卡佛所接觸的就是海明威、卡夫卡、契訶夫這些祖師爺級作家的傳統，因而評論家們普遍認為他是海明威之後最偉大的作家。

除了文風精簡的特性之外，瑞蒙・卡佛由於早期生活艱辛，他的筆下人物幾乎沒有例外的均屬生活困苦，坎坷謀生養家活口的下層人物，縱使後來他去大學教過文學創作，但他認為知識分子根本沒有他認為重要的那種生命質料，因而他的作品從未以知識分子為題材。基本上都是梭羅所說的低下層人們那種「靜悄悄的自暴自棄」，因而評論家除了「極簡主義」這個稱號外，另外也稱他為「骯髒寫實主義」（Dirty Realism），這是指一九七〇和八〇年代一群作家，包括瑞蒙．卡佛、福特（Richard Ford）、伍爾夫（Tobias Wolff）、比蒂（Ann Beattie）、菲莉普絲（Jayne Ann Phillips）等，這些人主要都是在寫中下階級或孤立邊緣人日常生活的悲傷及失落等題材。「極簡主義」這個稱呼瑞蒙．卡佛都不喜歡了，對「骯髒寫實主義」他當然更不可能同意。他後來有兩段話談到自己的寫作題材及改變：

「我的短篇小說裡，極大多數都是在寫可憐、徬徨無措、經濟生活很重要，我不覺得我是個政治作家，有些右派批評家指責我沒有替美國勾畫出更多笑容圖象，不夠樂觀，只寫不成功的人。但那些人的生活和精明幹練的成功者一樣有意義。是的，我將失業問題、金錢問題、煩惱問題視為生活的要件，人們擔心付不出房租，擔心子女，擔心家庭生活，這是基本的。有百分之八、九十或上帝知道有多少人活在這種情況下。我寫這些窮困潦倒的人，他們經常都沒有人幫他們講話。我是某種見證，而且我曾長期過著那種生活。我不自視為代言人，而是那種生活的見證人，我是個作者。」

另外，瑞蒙．卡佛自己也承認，人的情感會隨著情境而改變。在他一九八三年出版《大教堂》短篇小說集時，由於生命情境已變，他雖然角色還是下層人，但在〈大教堂〉、〈好事一小件〉等篇裡，他的敘事方式已有了微妙的變化。他變得慷慨多了，用俗話說就是給人更多相互理解的空間。我最喜歡的是〈好事一小件〉，一個媽媽在兒子生日前去訂生日蛋糕，但兒子生日當天卻被車撞了，緊急送醫，兒子昏迷多日，最後腿部受傷死了。在那兩天，蛋糕店的老師傅天天打電話來催他們取蛋糕，由於溝通不良，小孩父母認為那是可惡的惡作劇，才經歷喪子之痛的父母真想把那人殺掉。後來搞清楚了，原來要去蛋糕店興師問罪的父母，和那個老師傅卻成了朋友。那篇故事跌宕起伏，故事急轉直下，人與人的不能溝通卻又急變為可以溝通，的確是瑞蒙．卡佛的轉捩點之一。他的「骯髒寫實主義」其實也不是真的那麼骯髒！

瑞蒙．卡佛的短篇小說精練而準確，作者沒有層層渲染去告訴讀者要怎麼去讀，而是要讓讀者根據自己的知性與感性去體會，因此讀他的作品有時候對讀者也是種考驗。他的作品必不是心中先有了一個意象，再去包裹和渲染這個意象，而是心中有了感覺，再透過一再修改將這個感覺精準的抓住，因此有些批評家會說他的作品裡，某個情景怎麼到了後來卻沒了下文，這些瑕疵他自己也承認，這也是他的作品會反覆修改的原因。當年托爾斯泰寫《戰爭與和平》凡七易其稿，我卡佛的短篇故事多修改幾次又算得了什麼？也正因他寫作嚴謹精簡、準確，感性細膩，在文學史上的地位遂被視為海明威之後最傑出的短篇作者。他作品的人間性及寫作方式，在一九七〇及八〇年代遂能獨領風騷。許多年輕輩作家都仿效他的風格去創作，而出現了所謂的「瑞蒙．卡佛體的短篇小說」。除了在美國發揮了再活化文學的功能外，他對歐洲也有極大影響力。而他的影響力，對台灣讀者最感興趣的，應當是日本作家村上春樹深受他的影響。瑞蒙．卡佛的所有作品都有日文譯本，全都由村上春樹翻譯。村上春樹一九八四年首次登門拜訪，此後兩人成了重要的文壇友人。村上春樹的文字精練，在日本近代城市文學領有一席之地，顯然即受到瑞蒙．卡佛相學的啟發。最近，我在他的詩集《海那邊》（Ultramarine）就讀到他寫的一首〈擲打：致村上春樹〉。這首詩有點長：

我們啜飲著茶，優雅的想著

我的書暢銷的可能理由
當它在你的國家被翻譯，而後話題一轉
我們談起痛苦與屈辱
你一再察覺
它們在我的小說裡出現，以及那些純屬機會
的元素，所有的這些
怎麼會變成書的暢銷數字。
這時我凝視著房子角落
突然之間好像回到十六歲的時候
我們車子斜翻在雪堆傍
一輛五十年代的道奇轎車
有五六個菜鳥在裡面
我們手指著另外一些蠢蛋
他們正對著車子尖叫並丟擲
雪球和碎石

以及老樹幹，而我們則反擊也喊叫
希望趕快離開那裡
但我的車窗在雪下三吋
只有三英吋，我大聲叫罵
髒話，看到那些小鬼也急怒地
擲東西，從現在這個有利位置
我想像著一切又都重現
看著往事快速回來
就像是上個世紀開始時
那些士兵看見霰彈在他們
所站地點的上方橫飛
而他們驚嚇困惑得不能動彈
但我當時看不見，我轉過頭
去譏笑我的夥伴
忽然感覺到一個重擊

打到我的頭上及耳朵鼓膜
立刻雙膝倒下　一個冰雪的大雪球
那個痛苦　非常巨大
而且屈辱
在驚嚇中我開始痛哭
當著那些硬漢的面
他們也在哭喊。真是運氣衰，出了怪意外
百萬分之一的機會
那個丟東西的傢伙，也驚異的覺得驕傲
則在大喊及拍著同伴肩膀。
他必定在褲子上擦拭弄髒了的手
然後興奮一陣子
而後回家吃午飯。他長大後
生命挫折有份，也會失去
自己的人生，就像我失去人生一樣

在那個下午，他不可能想到別的。
他有必要嗎？
這乃是人生常態
雖還會記得那輛蠢車子
滑倒在路上，而後終於脫困
並消失離去。
在那個房間，我們優雅的舉起茶杯
在剎那之間，某種不明言的東西走了進來。

瑞蒙．卡佛除了短篇小說外，他同時也寫詩。他的詩與小說相同，每首都是個小小的心靈故事。在這首〈致村上春樹〉的詩裡，他們說痛苦，說屈辱，說人生的偶然與必然，說年少輕狂及老大徒傷悲，不是人生活過，是不可能有這樣的感情的。由這首詩，也的確可以看出他和村上春樹的友誼甚深。

瑞蒙．卡佛逝世迄今已二十多年，無論喜歡或不喜歡，他留名美國文學史可謂已經確定。但儘管如此，由他出身寒微，與文學不可能沾到邊的前半生人生經歷，最後卻轉向了文學，並在文學找到了自己的人生出路，這也使他成了二十世紀美國文學上最大的迷團。他究竟是不是一個文學天才？他的作品究竟是天才的成分多？或是生命經驗的成分多？

根據瑞蒙．卡佛自己的說法，顯然後者才是他自己的答案。生平行事低調，縱使接受訪問時都很小聲，人生一點也不張揚的他，自認自己的人生經歷使他擁有巨大的「感情儲存庫」，這乃是他寫作的泉源。而他寫作也絕無才氣縱橫的那種氣勢，他動筆時並沒有什麼概念，而是透過不斷修改，等著那最好的戲劇感出現。由這樣的寫作過程，可以看出他的傑出文學表現的確與才氣無關，而是人生經歷的錘鍊所致。他後來無論訪談或寫詩都認為「我非常幸運」，因這些參差的對照，將他視為是個天才作家，對瑞蒙．卡佛實在極不公道，因為這乃是對他「感情儲存庫」的人生低估了，同時也低估了他努力不懈的寫作歷程。

今天的人已普遍知道瑞蒙．卡佛早年艱苦而且一點也不出眾。他的父親卡特，乃是出自亞利桑那州的鋸木工人，母親艾拉則是餐廳服務生和銷售員，這是個完全與文學無關的家庭。他一九三八年出生於俄勒岡州的克拉斯卡尼鎮（Clatskanie），那是哥倫比亞河邊的一個鋸木城鎮，而他則在華盛頓州的雅吉馬市長大，並在當地求學到高中。他後來自述，他在高中時英文在班上爛到不行，由於英文老師是體育老師兼任，上課都是在聊運動，英文根本沒好好學過。他在高中畢業後就和父親一起當鋸木工，他有個弟弟詹姆士，比他小五歲。而他的父親是個酒鬼，他後來酗酒多年，可能即來自父親的影響。

他畢業後做了一陣鋸木工，就和只有十六歲，剛自聖公會女子學校畢業的瑪莉安．柏克於一九五七年結婚。當年即生長女克莉斯汀，翌年生長子范希，這表示他才二十歲就挑起一家四口的生活擔子。他當過警衛、送貨員、鋸木廠工人、圖書館助理，而妻子則當過服務生、銷售員和老師。後來由於他岳母在加州有個房子，他們遂遷往加州。這時他開始對寫作感到興趣，上過作家嘉德納的寫作班，他是啟蒙老師和終生益友，除了上寫作班外，他也進了奇哥州立大學及漢保得州立學院再讀書，並於一九六三年畢業，取得文學士學位。他在大學唸書時編過學生文學雜誌，他最早的作品是當時以化名身分寫的；除此之外，他也參加過愛荷華大學的寫作坊。由此顯示出他是準備在寫作這個領域去開創他的人生。但這條路對他卻艱困無比。為了寫作，他要找各式各樣的工作；

為了挪出時間寫作，他只能寫一次就能寫完的短篇小說。生活與寫作兩相煎熬，他開始酗酒，也曾多次考慮過寫作這麼辛苦，乾脆算了。一九六七年他父親逝世，他們又再搬家。他的那篇講夫妻猜忌、吃醋與性想像的名作〈能不能請你安靜點？〉入選最佳年度短篇。由此可知他的寫作之艱困。一九七二年他已初露頭角，愛荷華寫作坊請他去當講師，另一後來也成名的齊佛（John Cheever），也是講師。但那時他們兩人書沒好好教，作品也沒好好寫，兩個心情鬱悶的酒鬼天天喝得爛醉。計劃結束後，齊佛就去住院戒酒，瑞蒙．卡佛則多拖了三年多，到一九七六、七七年間才去戒酒。

一九七六、七七年間，他寫作已有一定知名度，但人生卻也最為困頓，家庭關係和經濟問題都一塌糊塗。單單七六年就因酗酒而三次進出醫院。他自分將來必死於酒，因而下定決心戒酒。而當年他去德州達拉斯出席一次作家會議，結識了女作家岱絲．加娜傑（Tess Gallagher），兩人很快同居，而他的第二個人生因而開始。

岱絲對他照顧有加，並將他帶進希拉古大學任教。由於能夠專心寫作，他早年的辛苦付出，終於能夠因累積而豐收。在八〇年代初，他陸續得到美國藝文基金會小說獎、古根漢獎，他累積得過奧亨利獎六次，最高的是一九八三年得到「米德瑞暨哈洛史特勞斯生活年金獎」。他的作家夢可謂已經完成。一九七八年他四十歲，他之所以在一九七七年戒酒，乃是他還想多活十年，他認為如果能多活十年，那就是他賺到的。但事實上他並沒有賺到，一九八八年他察覺到肺癌，肺開刀切除了五分之二，於是他和岱絲急忙補辦結婚，六個星期後，他因肺癌而逝世。他痛苦但也精采的一生，只活了五十年。他有詩〈晚期斷章〉，其中有句曰：

你是否得到
你人生所期望的？
我得到了。
你想得到什麼？
稱自己為摯愛，感受到我自己
被世上所愛。

這些詩句，被刻在他的墓碑上。瑞蒙．卡佛說自己的人生「非常幸運」，足見是他的心聲。

因此，瑞蒙．卡佛不是天才型作家已明。我們讀書，應可察覺到。古今中外絕大多數的大作家都是天才型，他們人生幸運，教育及交友都符合文學的規則，因此一出手就自然拈來如有神助，只是看他們才華有多大多高而已。只有絕少的作家，在野地裡拚著性命在成長，歷經時代及生活的摧折，最後有幸能夠留存下來而成一家之言。瑞蒙．卡佛絕非前一類型，而是第二種。這種作家除了要在生活中鍾鍊生命內容及感性能量外，還必須有人能在技術上提醒與協助。瑞蒙．卡佛的生命內容及感性能量是自己的，但在技術上，作家嘉德納及編輯利希則協助極大，只是在瑞蒙．卡佛死後，利希本人太過自大，而他的妻子岱絲又過分的護夫心切，一件佳話遂反過來成了笑話及醜聞。

人們現在已知道瑞蒙．卡佛在寫作初期或許不習慣駕馭文字，編輯遂扮演了相當大的角色。他的早期作品曾被利希大幅修刪，有些形同重新刪寫。瑞蒙．卡佛死後，利希為了突出自己，將許多刪件捐給大學，表示自己的功勞。但這種壓低別人來突出自己的手法，對護夫心切的岱絲簡直無法忍受。瑞蒙．卡佛死後，利希要根據修刪稿出書，岱絲則極力阻止，鬧出好大的風波。作家及編者相互扶持，這原是佳話，卻變成了鬧劇，瑞蒙．卡佛如果有知，可能真會無比遺憾！

1　他們不是妳的丈夫

厄爾．歐伯丟了推銷員的工作。多麗，他的太太，在城外一家二十四小時營業的咖啡店裡當夜班的女服務生。有一天晚上，厄爾喝著酒，忽然決定到那家咖啡店去吃點東西。他想看看多麗上班的地方，看看是否可以點些什麼東西來吃。

他坐在櫃台上研究菜單。

「你怎麼來了？」多麗看見他坐在那裡就問。

她把一份點單交給廚子。「你想點些什麼，厄爾？」她說。「孩子們沒事吧？」

「他們很好，」厄爾說。「我要咖啡和一份二號的三明治。」

多麗把他點的東西寫下來。

「有好康的嗎，妳明白我的意思？」他對她眨眨眼說。

「沒有，」她說，「現在別跟我說話。我正忙著。」

厄爾喝著咖啡，等著三明治。有兩個穿西裝的男人，鬆著領帶，敞著領口，坐到他旁邊叫咖啡。多麗拎著咖啡壺走開的時候，其中一個男的對另外一個說，「你看那個屁股，真是厲害。」

另外那個哈哈大笑。「我看過更厲害的。」他說。

「我就這個意思，」第一個說。「可是有些傢伙就愛大屁股。」

「不是我。」另外一個說。

「我也不是，」第一個說，「我說的就這個意思。」

多麗把三明治放在厄爾的面前。三明治周圍還擺了炸薯條、涼拌包心菜和醃黃瓜。

「還要別的嗎？」她說，「牛奶？」

他沒吭聲。看她還站在那兒，他只搖了搖頭。

「我再給你們加些咖啡。」她說。

她拎著咖啡壺回來，幫他和那兩個男人倒完咖啡，再取了一個碟子，轉身去挖冰淇淋。她搆進冰桶拿杓子挖冰淇淋，白裙子貼著臀部，一路往大腿上提。露出了裡面粉紅色的束褲，腿胯的肉灰白起皺，還帶著一些汗毛，腿上佈滿了青筋。

坐在厄爾旁邊的兩個男人交換著眼色。其中一個挑起眉毛，另外一個咧著嘴，湊著咖啡杯繼續死盯著多麗，看著她把巧克力糖漿淋在冰淇淋上頭。就在她開始搖奶昔罐子的時候，厄爾站起來，餐點也不吃了，逕自往門口走。他聽見她在喊他的名字，他只管走他的。

§

看過孩子們之後，他走向另外那間臥室，脫掉衣服。他拉起被單，閉上眼胡思亂想。感覺先是從臉上開始，然後一路下到肚子和腿。他睜開眼，腦袋在枕頭上來回磨蹭，不一會兒他側轉身睡著了。

早上，多麗送走小孩去上學之後，回到臥室，拉開窗簾，發現厄爾已經醒著。

「妳去照照鏡子。」他說。

「什麼？」她說。「你說什麼？」

「去照照鏡子就是了。」他說。

「要看什麼？」她說。不過她還是去梳妝台照了照鏡子，順便刷開肩膀上的頭髮。

「怎麼樣？」他說。

「什麼怎麼樣？」她說。

「我實在不想說，」厄爾說，「可是我覺得妳最好考慮一下節食這件事。這不是開玩笑，我很認真的。我覺得妳稍微減掉幾磅就好了。千萬別生氣啊！」

「你在說什麼？」她說。

「我剛才不是說了。我覺得妳可以稍微減掉幾磅，就幾磅而已。」他說。

「你以前從來沒說過這種話。」她說。她把睡袍提到臀部上面，轉身對著鏡子看自己的肚子。

「我以前從來沒覺得那是個問題。」他說，用字遣詞盡量小心。

睡袍仍舊攏在多麗的腰上。她背轉身，越過肩膀看自己的背後。她把一邊的屁股抬起來，再讓它自動垂下。

厄爾閉上眼。「也許我錯了。」他說。

「我想減重並不是做不到，只是很辛苦。」她說。

「妳說得對，確實不容易，」他說。「我會幫妳。」

「也許你是對的，」她說。她放下睡袍看著他，然後把睡袍脫了。

他們倆聊著減肥食物，聊著全蛋白質飲食減肥、全素食減肥和葡萄柚果汁減肥。可是他們買不起全蛋白質飲食所需要的全牛排大餐，多麗又說她不喜歡吃那麼多的蔬菜，加上她也不太愛葡萄柚果汁，所以她也不會採用這種方法。

「好吧，算了。」他說。

「不，你是對的，」她說。「我來想別的辦法。」

「運動怎麼樣？」他說。

「我光在店裡運動量就足夠了。」她說。

「那就不吃吧，」厄爾說。「反正就幾天而已。」

「好，」她說。「我試試。就試個幾天，我聽你的。」

「記住，我是妳的後盾。」厄爾說。

他估算了一下活存帳戶的餘額，開車到折扣商店去買了一個浴室磅秤。他看著店員在收銀機結帳。

回到家他叫多麗脫掉全身的衣物，站上磅秤。看到那些青筋的時候，他忍不住皺眉，手指順著其中一條青筋往上爬。

「你在幹嘛呀？」她說。

「沒有。」他說。

他看了磅秤，把數字記在一張紙上。

「好了，」厄爾說，「好了。」

第二天的面試幾乎佔去了他一整個下午。雇主，高大威武的一個男人，帶厄爾到庫房看水管配備的時候，厄爾才發現他竟然是跛腳，他問厄爾方不方便四處出差旅行。

「很方便。」厄爾說。

那人點頭。

厄爾笑了。

§

他還沒開門就聽見屋裡電視的聲音。他走過客廳，孩子們也沒抬眼看他。廚房裡，多麗裝扮好了準備上班，正在那兒吃炒蛋和培根。

「妳在幹什麼？」厄爾說。

她繼續嚼著食物，腮幫子撐得鼓鼓的。可是一會兒，她又把嘴裡的東西全部吐到餐巾裡。

「我忍不住啊。」她說。

「笨蛋，」厄爾說。「吃吧，吃吧！盡量吃吧！」他走進臥室，關上門，躺在被單上，還是聽得見電視的聲音，他又把兩隻手枕在腦後，瞪著天花板。

她打開門。

「我會再試一次。」多麗說。

「好啊。」他說。

兩天後的早晨她在浴室裡喚他。「你看。」她說。

他看看磅秤，打開抽屜取出那張紙，再看一次磅秤，她在笑。

「快到一磅了。」她說。

「了不起。」他拍著她的屁股說。

§

他看分類廣告，去了州立職業介紹所。每隔三四天，他便開車外出參加一次面試，每天晚上數著多麗帶回來的小費。他把紙鈔放在桌上撫平，把銅板、零錢以一元為單位，把它們一堆堆的排好。每天早上他監督她上磅秤。

兩個星期的時間她掉了三磅半。

「我有偷吃，」她說。「我餓了一整天，上班的時候有偷吃一點，就只有這樣。」一個星期之後她掉了五磅，再過一個星期，九磅半。衣服穿在身上都鬆垮垮的，她只好從房租裡挪扣一些錢買新制服。

「上班時候人家都在說閒話。」她說。

「什麼閒話？」厄爾說。

「說我臉色蒼白之類的，」她說，「說我看起來都不像我了。他們擔心我體重掉得太多了。」

「掉太多又怎樣？」他說，「別理他們，叫他們管好自己的事就行了。他們不是妳的丈夫，妳不必跟他們過日子。」

「我得跟他們一起工作。」多麗說。

「沒錯，」厄爾說。「可是他們不是妳的丈夫。」

§

每天早上他跟隨她進浴室，等著她站上磅秤，他拿著紙和筆蹲在地上，紙上寫滿了日期、星期和數字。他讀著磅秤上的數字，再查看那張紙頭，查看的結果不是點頭就是噘嘴。

現在多麗賴床的時間愈來愈長。孩子們一上學她就回床上睡覺，下午上班之前她也要打個盹。厄爾幫忙打掃整理屋子，看電視，由著她去睡。採買的工作也由他包辦，偶爾才去參加一次面試。

有一天晚上他把孩子安頓好上床睡覺，關掉電視，決定出去小喝兩杯。可酒吧打烊了，他就開車到那間咖啡店。

他坐在櫃台等候服務。她看見他，說，「孩子們都好吧？」

厄爾點點頭。

他慢條斯理的點著菜。她在櫃台後面忙進忙出，他不時的看著她，最後他點了一份吉士漢堡。她把點單交給了廚子，再去招呼其他的客人。

另外一個女服務生拎著咖啡壺過來為厄爾注滿一杯咖啡。

「妳那個朋友是誰？」他朝他自己的老婆點點頭。

「她叫多麗。」女服務生說。

「她跟我上次看見她的樣子變了很多啊。」他說。

「我哪知道。」女服務生說。

他吃著吉士漢堡，喝著咖啡。客人不斷地進來擠到櫃台邊。櫃台邊的客人多半是多麗在招呼，偶爾另外那個女服務生也會過來拿點單。厄爾一面盯著自己的太太一面用心聽人說話，中間因為上廁所不得不離開座位兩次。每次他都懷疑自己是不是漏聽了什麼。等到第二次回座，他發現他的杯子不見了，有人坐在他原來的位子上。他只得挑了櫃台盡頭的一張凳子，旁邊是個穿條紋襯衫的老男人。

「你還要什麼？」多麗看見他就問。「該回家了吧？」

「再給我一杯咖啡。」他說。

厄爾旁邊的男人在看報。他抬起頭，看著多麗替厄爾倒咖啡。她走開的時候他瞥了她一眼，然後回頭繼續看報。

厄爾啜著咖啡，等著男人開口說話。他從眼角的餘光瞄著那男的。男人已經用完餐點，餐盤推到一邊，點起一支菸，摺一下面前的報紙，繼續看報。

多麗過來收走了用過的餐盤，再替那人加了些咖啡。

「你覺得如何？」厄爾對著男人說，把腦袋衝著走遠的多麗點了一下。「你不覺得有什麼異樣嗎？」

男人抬起頭。他看看多麗再看看厄爾，再繼續看他的報紙。

「怎樣，你覺得如何？」厄爾說。「我在問你。覺得好還是不好？告訴我。」

男人刷刷的抖了抖報紙。

多麗又從櫃台那頭轉過來了。厄爾頂了頂男人的肩膀說，「你聽我說，注意她的屁股。注意看好了。我想要一杯巧克力聖代！」厄爾喚住多麗。

她停在他面前大聲的嘆了口氣，然後轉身取了碟子和冰淇淋杓。她趴向冰桶，彎下腰，開始拿杓子往冰淇淋裡挖。多麗的裙子揪到了大腿上，厄爾朝著男人眨眼。可是那男人的眼睛卻被另外那個女服務生吸了過去。接著男人把報紙夾在胳臂底下，一隻手往口袋裡掏錢。

另外那個女服務生直接走向多麗。「那傢伙是誰啊？」她說。

「哪個？」多麗端著冰淇淋碟子四處看。

「他呀，」另外那個女服務生向厄爾的方向點一下頭。「那個痞子誰啊？」

厄爾擺出一副最佳的笑容，並且維持不變，直到他覺得自己的臉都快變形了。

另外那個女服務生還是盯著他不放，多麗這才慢慢的搖了搖頭。男人把一些零錢擱在咖啡杯旁邊，站了起來，只是他也在等著聽答案。大夥全都盯著厄爾。

「他是個推銷員。他是我先生。」多麗聳聳肩膀，終於說。說完了她把還沒舀好的巧克力聖代擺在他面前，開始幫他結帳。

2 你是醫生嗎？

電話響了，他穿著拖鞋、睡衣、睡袍衝進了書房。因為十點已過，這通電話一定是太太打來的。她每次出遠門的時候，晚上都會來電話——總是在這個時候，喝過幾杯之後。她做採購，這一整個星期她都在出差。

「喂，親愛的，」他說。「喂，」他再說一次。

「是哪位？」一個女人發問。

「啊，哪位啊？」他說。「妳打幾號？」

「等一等，」女人說。「273-8063。」

「這是我的電話沒錯，」他說。「妳怎麼會有這個號碼？」

「我不知道。我下班回家後，看到一張紙上寫著這個號碼。」那女人說。

「誰寫的？」

「我不知道，」女人說。「應該是小孩的保姆吧，我猜。」

「哦，我不知道她怎麼會有這個，」他說，「這確實是我的電話號碼沒錯，只是並沒有登錄在電話簿上。我想妳最好把它扔了。喂？妳聽見我說話嗎？」

「有，我聽見了。」女人說。

「還有別的事嗎？」他說。「時間很晚了，而且我在忙。」他不想失禮，可是防人之心不可無。他就著電話旁邊的椅子坐下來說，「我不是有意唐突，只是時間真的晚了，再說我很在意妳怎麼會有我這支電話號碼。」他脫掉拖鞋，按摩著腳丫子，等待回應。

「我也不知道，」她說。「我剛才說了，我只看見紙上寫著這個號碼，其他什麼也沒有寫。我會問安妮的——就是那個保姆——等明天看到她的時候。我不是故意打擾你。我下班回來就一直在廚房。」

「沒關係，」他說，「沒事。就把它扔掉忘掉就沒事了。沒有問題，不必放在心上。」他把話筒移到另一隻耳朵上。

「你聽起來是個很好的人。」女人說。

「是嗎？謝謝誇獎。」他明知道應該掛斷了，但是在這麼安靜的房間裡聽見一個聲音的感覺真好，即使是他自己的聲音。

「是啊，」她說，「我聽得出來。」

他放開擱在腿上的那隻腳。

「你怎麼稱呼，不介意我問吧？」她說。

「我叫阿諾。」他說。

「你的大名？」她說。

「阿諾是我的名字。」他說。

「啊，抱歉，」她說，「阿諾是你的名字。那你貴姓啊，阿諾？你姓什麼？」

「我真的要掛斷了。」他說。

「阿諾，別這樣啦，我叫克萊拉．何特。那你是阿諾某某先生？」

「阿諾．布雷，」他說完立刻補上一句，「克萊拉．何特。太好了。不過我真的要掛斷了，何特小姐。我正在等一個電話。」

「對不起，阿諾。我並不是故意要占據你的時間。」她說。

「沒關係，」他說。「跟妳談話很愉快。」

「你真會說話，阿諾。」

「妳等我一下好嗎？」他說。「我得去找個東西。」他往書房裡找了一支雪茄，花一分鐘時間拿桌上的打火機點上火，摘下眼鏡對著壁爐那邊的鏡子照了照自己。再拿起電話的時候，他有些擔心她會不會已經離線了。

「喂？」

「喂，阿諾。」她說。

「我以為妳已經掛電話了。」

「喔沒有。」她說。

「關於妳有我電話號碼的事，」他說。「不必放在心上。把它扔掉就好了。」

「我會的，阿諾，」她說。

「那，我得說再見了。」

「是啊，當然，」她說。「我現在也要說晚安了。」

他聽見她呼了口氣。

「我知道我有些過分，阿諾，你覺得我們是不是該找個地方見面聊一聊？就幾分鐘？」

「這恐怕不行。」他說。

「就一會兒時間，阿諾。我發現你的電話號碼這些事情，我強烈的覺得有這必要，阿諾。」

「我是個老男人。」他說。

「喔，你不是，」她說。

「真的，我很老了。」他說。

「我們可以碰個面嗎，阿諾？我還有好多事沒跟你說，關於別的事情。」女人說。

「妳的意思是？」他說，「妳究竟在說什麼？喂？」

她掛斷了。

他準備上床睡覺的時候，太太來電話，他聽得出來有些醉意，兩人聊了好一會兒，他並沒提起另外那通電話的事。掛完過後，他正要拉開被罩，電話又響了。

他拎起話筒。「喂。我是阿諾．布雷。」

「阿諾，很抱歉剛才電話斷了。我還是那句話，我覺得我們一定要見個面。」

第二天下午，他才把鑰匙插入鎖孔，便聽見屋裡的電話鈴聲。他甩下公事包，帽子、大衣、手套都還穿戴著，就趕到桌旁拎起話筒。

「阿諾，抱歉又來打擾你，」女人說。「今天晚上九點到九點半左右，你務必過來我家裡一趟。你可以嗎，阿諾？」

聽見她喊他的名字，他心動了。「我不能答應。」他說。

「拜託啦，阿諾，」她說。「真的很重要，不然我不會開這個口的。今晚我走不開，因為秀莉感冒了，我得顧著那個男孩。」

「妳的先生呢？」他等答案。

「我沒結婚，」她說。「你會來吧，會嗎？」

「說不準啊。」他說。

「我懇求你來。」她迅速說完地址，便掛斷了。

「我懇求你來。」他重複說了一遍，手裡仍握著話筒。他很慢很慢的摘下手套，脫掉大衣。他覺得自己必須謹慎小心。他進浴室盥洗，照鏡子時，發現頭上還戴著帽子。就在這時間，他決定去見她，他摘下帽子和眼鏡，用肥皂洗臉，仔細檢查指甲。

「你確定是這條街嗎？」他問司機。

「就是這條街這棟樓。」司機說。

「繼續往前開，」他說，「到街尾再放我下來。」

他付了車資。上層窗戶的燈光照亮了陽台，他看見欄杆上的盆栽和隨地散置的一些戶外擺設。其中一面陽台上，有個穿長袖運動衫的大個子挨著欄杆，看著他走到門口。

他按下克萊拉．何特的門鈴。開門的蜂鳴聲響起，他回到門口走進去。他慢慢爬上樓梯，每到一層平台便稍微歇一下。他記起盧森堡那家旅館，他跟他太太一起爬上五樓，那是好多好多年前的事了。他忽然覺得身子有一邊痛了起來，想著會不會是他的心臟出問題，會不會就此兩腿發軟，會不會從樓梯往下栽，砰砰的一路摔到底。他掏出手帕擦擦前額，再摘下眼鏡擦了擦鏡片，等待那顆心臟回復平靜。

他往門廳瞧，這棟公寓非常安靜。他停在她的門口，摘下帽子，輕輕的敲門。門開了一條縫，露出一個胖胖的、穿睡衣的小女孩。

「你是不是阿諾．布雷？」她說。

「是的，我就是，」他說。「妳媽媽在家嗎？」

「她說你會來。她要我告訴你說她去藥房買咳嗽藥水和阿斯匹靈。」

他帶上門。「妳叫什麼名字？妳媽媽跟我說過，可是我忘記了。」

見那女孩不說話，他再問一次。

「妳叫什麼名字？該不會叫雪莉吧？」

「秀莉，」她說。「ㄒㄧㄡ──四聲『秀』。」

「對，現在我想起來了。其實我猜得很接近了，對吧。」

她坐在面對面的一張座墊上看著他。

「是妳生病了，對吧？」他說。

她搖頭。

「沒有生病？」

「沒有。」她說。

他環看四周。整間房就靠一盞金色的落地燈照明，落地燈架上附著一個大型的菸灰缸和一個書報架。靠牆擺著一台電視，電視開著，但聲響很小。有條窄窄的通道通往公寓的後門，還有暖爐也開著，空氣裡有一股藥味。咖啡茶几上擱著一些髮夾和髮捲，一件粉紅色的浴袍垂掛在沙發上。

他又看了看孩子，然後抬眼望廚房，陽台和廚房中間隔著玻璃門。那門沒關緊，一絲寒意從細縫鑽進來，他想起了那個穿運動衫的大個子。

「媽媽出去一下下。」孩子好像忽然醒過來似的說。

他費力的傾著身子，拿著帽子，注視著她。「我要走了。」他說。

這時有鑰匙在鎖孔轉動，門開了，一個小小的、蒼白、滿臉雀斑的女人，提著一個紙袋走進來。

「阿諾！好高興看到你！」她很快的、不自在的看了他一眼，提著紙袋搖搖晃晃的走進廚房。他聽見碗櫃的門關上的聲音。那孩子坐在座墊上看著他，他只能一會兒這條腿、一會兒換那條腿的方式，支撐著全身的重量，對那頂帽子也是同樣的擺弄，一會兒戴上一會兒拿下，女人終於又現身。

「你是醫生嗎？」她問。

「不是，」他吃了一驚。「不是，我不是。」

「秀莉生病了，我出去買點東西。你怎麼沒幫人家拿外套？」她轉向那孩子說。「請你原諒啊，我們很少有客人。」

「我不能久留，」他說。「我實在不該來的。」

「請坐，」她說。「這樣不好說話。讓我先給她吃藥，我們再好好的談。」

「我真的要走了，」他說，「聽妳的口氣，我想必定有急事。可是我真的要走了。」他低頭看兩隻手，發覺自己有氣無力的比著手勢。

「我去燒水泡茶，」他聽見她說，就好像完全沒把他的話聽進去似的。「給秀莉吃完藥，我們就可以好好的說話了。」

她攬著孩子的肩膀，帶她進廚房。他看見女人拿起湯匙，先看過瓶子上的標籤再把它打開，倒了兩劑出來。

「好了，跟布雷先生說晚安，進房間去吧。」

他向孩子點了點頭，便跟隨女人進廚房。他不坐她指定的座位，而是另外選了一張面對陽台、通道和小客廳的椅子。「介意我抽支菸嗎？」他問。

「不介意，」她說。「沒關係的。阿諾，你只管抽吧。」

他決定不抽。他兩手擱在膝蓋上，一臉凝重的表情。

「對我而言這件事真的太離奇了，」他說。「太不尋常了，真的。」

「我明白，阿諾，」她說。「你一定很想知道，我怎麼會有你的電話號碼這件事吧？」

「的確，」他說。

他們面對面坐著等水開。他聽見電視的聲響，往廚房四周看了一眼，視線再回到陽台上。水開始滾了。

「妳要跟我說電話號碼的事。」他說。

「什麼？阿諾，對不起。」她說。

他清清嗓子。「告訴我妳怎麼會拿到我的電話號碼。」他說。

「我從安妮那裡。那個保姆——這你都知道了。總之，她告訴我說她在家的時候電話響了，說是有人要找我。對方留了一個號碼，她寫下來的就是你的號碼。事情就是這樣。」她轉著面前的茶杯。「對不起，我只能說這些。」

「水開了。」他說。

她擺上茶匙、牛奶、糖，把滾燙的開水沖到茶包上。

他加了糖攪動一下茶水。「妳說有急事要我來。」

「喔，那個啊，阿諾，」她別開臉。「我不知道我怎麼會這麼說，我也不知道自己在想什麼。」

「那就是根本沒事了？」他說。

「不是。我的意思是『是的』。」她搖著頭。「我的意思就是你說的，沒事。」

「我懂，」他繼續攪著他的茶。「不尋常，」過一會他又說，幾乎是在自言自語。「太不尋常了。」他無奈的笑了笑，把杯子移到一邊，拿餐巾碰了碰嘴唇。

「你不會就這樣走了吧？」她說。

「我得走，」他說。「我得在家等一通電話。」

「再坐坐吧，阿諾。」

她刮著椅背站起來。她的眼睛是很淺的綠色，深深的嵌在蒼白的臉上，他原先還以為她在眼睛四周畫了黑色的眼妝。令他自己大吃一驚、甚至唾棄自己的是，他居然站起來笨拙的摟住她的腰。她被動的吻著，眼瞼顫動著閉了一下。

「時間晚了，」他說，並放開手，步履不穩的轉開。「妳非常親切，可是我非走不可了，何特小姐。謝謝妳的茶。」

「你還會來嗎，阿諾？」她說。

他搖頭。

她跟著他走到門口，他伸出手。他聽見電視的聲音，並且很肯定音量轉大了。他這才想起另外一個孩子——那個男孩，他在哪裡？

她握住他的手，飛快的把它舉到她的唇上。「你不要忘記我，阿諾。」

「不會的，」他說。「克萊拉。克萊拉・何特。」

「我們聊得很愉快。」她說。她在他西裝領口撿起什麼，一根髮絲，一根線頭。「我很高興你來，我相信你會再來的。」他仔細地看著她，她的視線卻越過了他，彷彿在想什麼事情。「那——晚安了，阿諾。」她說，說完這句話她立刻關門，快得幾乎夾住了他的大衣。

「怪了。」他下樓的時候自語著。步上人行道後，他做了一次深呼吸，停下腳步回頭看那棟樓，卻已經無法確定哪個陽台才是她的家了。穿運動衫的大個子靠著欄杆稍微移動了一點位置，依舊往下看著他。

他開始步行，兩手緊緊的插在大衣口袋裡。剛回到家，電話在響。他靜悄悄的站在屋子中央，鑰匙夾在手指上，等著鈴聲停止。然後，很溫柔的，他把一隻手貼在胸口感覺，透過層層的衣服，感覺著他的心跳。過了半晌他才走進臥室。

幾乎立刻，電話鈴聲又活蹦亂跳地響了起來，這次他接聽了。「阿諾。我是阿諾．布雷。」他說。

「阿諾？天哪，今天晚上我們太正式了吧！」他的太太說，她揶揄的口氣超重。「我從九點就開始打了。出去玩瘋啦，阿諾？」

他保持緘默，思量著她的口氣。

「你還在嗎，阿諾？」她說。「感覺不像你了耶。」

3 學生的妻子

他在為她朗讀里爾克①的詩，這是他特別欣賞的一個詩人。但她枕著他的枕頭已經睡著了。他喜歡大聲朗讀，他的朗讀很棒——聲音鏗鏘有力，充滿自信，忽兒低沉肅穆，忽兒上揚，忽兒高亢。朗讀的時候他絕不左顧右看，只有伸手往床頭櫃拿菸的時候才稍微停頓。這個渾厚的聲音帶引她進入了無邊的夢境，夢裡有魚貫走出城牆的商隊和穿著錦袍蓄著鬍子的男人。只要聆聽幾分鐘，她便能閉上眼沉沉的睡去。

他繼續大聲的朗讀。孩子們已經睡著好幾個鐘頭了，外面不時有輛車子擦過潮濕的路面。過了片刻，他放下詩集翻過身去關燈。她卻突然睜開眼，彷彿受了驚嚇，連眨了兩三次眼睛。她的眼皮在那雙發愣的眼珠子上一上一下，顯得特別的黑而且厚。他看著她。

「妳做夢了？」他問。

她點點頭，抬起手觸摸著頭上兩側的塑膠髮捲。明天是星期五，華泰隆公寓裡四到七

①Rainer Maria Rilke，一八七五—一九二六，詩人，生於布拉格。

歲的小孩子，在這一天全部歸她代管。他支著手肘，繼續的看著她，同時用另一隻手撫平床單。她臉上的皮膚很光滑，顴骨很高；這個顴骨，她常常跟朋友堅持說是遺傳自她的父親，因為他有四分之一的聶茲帕斯②血統。

然後她說：「去幫我做一個小三明治吧，麥可。要奶油、萵苣，再撒點鹽。」

他沒動作也沒說話，因為他好睏。他睜開眼看見她仍醒著，在看著他。

「妳怎麼不睡了呢，小南？」他一本正經的說。「很晚了。」

「我想先吃點東西，」她說。「不知道怎麼搞的，我兩條腿和手臂都好痛，肚子又餓。」

他唉聲嘆氣的下了床。

他幫她做好三明治放在托盤上。見他回到臥室，她滿臉笑容的坐起來，一邊接過托盤，一邊往背後塞了個枕頭。她穿著白色的睡袍，他覺得她看起來就像個住院的病人。

「我做了一個好有趣的夢。」

「夢見什麼？」他爬上床側身躺下，背對著她，盯著床頭櫃等她的答案，並慢慢的闔上了眼。

「你真的想聽嗎？」

「當然。」他說。

她舒服的往枕頭上一靠，撥去嘴唇上沾的一點麵包屑。

「唔，很像是那種拖拖拉拉有劇情的長夢，裡面有各種錯綜複雜的關係，可惜我現在記不全了。我剛醒的時候還很清晰，現在開始褪掉了。我睡了多久，麥可？也沒什麼關係啦。總之，夢裡面我們好像在哪裡過夜。我不知道孩子們在哪裡，只有我們兩人在一間小旅館之類的地方。在某個不熟悉的湖上，還有別人，一對老夫婦，要我們搭他們的汽艇遊湖。」她想著想著笑了，身子離開了靠枕向前傾。「接下來我記得的是我們登上了汽艇，結果發現船上只有一個座位，靠前面有一張長椅，長度只夠坐三個人。我跟你就為了由誰犧牲這個座位，擠到小船後面去坐的事情吵個沒完。最後是由我窩在船尾。那裡好窄，擠得我腿都痛了，我真怕湖水從小船兩邊滿上來。然後我就醒了。」

「這個夢確實了不起，」他勉強應付著，實在太睏了，卻又覺得應該再多說兩句。「妳記得邦妮．崔維斯嗎？弗雷．崔維斯的太太？她說，她常常做彩色的夢。」

她看著手裡的三明治咬了一口。等把三明治吞下去，舌頭在嘴裡打個轉時，她用腿托穩了托盤，手搆到後面拍拍枕頭，笑咪咪的再靠回枕頭。

「你記得我們在提頓河過夜的那次嗎，麥可？第二天早上你釣到了那條大魚的事？」她

②聶茲帕斯即北美印地安人。

把手搭上他的肩膀。「你記得嗎？」她說。

她記得。這幾年幾乎沒再想起的事，最近又開始回籠了。那次是他們結婚一兩個月之後，兩個人去度週末。那晚他們坐在小小的營火旁，冰涼的河水裡浸泡著一個西瓜，晚餐吃她煎的罐頭豬肉、蛋和豆子，第二天早上，還是在那把油黑的鍋子裡煎薄餅、罐頭豬肉和蛋。兩次燒煮都把鍋子燒焦了，咖啡也泡不開，但那卻是他們最美好的一段時光。她記得那晚，他也為她朗讀勃朗寧③和《魯拜集》④裡的幾首詩。他們蓋了好多床被子，重到她連腳都轉不動了。第二天早上他釣到一條大鱒魚，河對面的路上，好多人都停下車子來看他怎麼把大魚拖上岸。

「嗯？你記不記得嘛？」她拍拍他的肩膀。「麥可？」

「我記得。」他說。他稍微動了動身子，睜開眼睛。其實他不大記得了。他真正記得的是用心仔細梳理的頭髮，和對人生、對藝術方面一知半解的那些看法，在他來說，這些東西不記得也罷。

「那都是陳年往事了，小南。」他說。

「那時我們剛讀完高中，你還沒上大學呢。」她說。

他等了一會兒，然後用手臂撐起上半身，轉過頭、橫過肩膀看著她。「妳三明治快吃完了吧，小南？」她仍然坐著。

她點點頭把托盤遞給他。

「我關燈了。」他說。

「隨你。」她說。

他再次躺平，一隻腳往外岔，直到碰到她的腳為止。他就這樣動也不動的躺著，放鬆自己。

「麥可，你沒睡著吧？」

「沒有，」他說。「還沒睡。」

「唔，先別睡著，」她說。「我不要一個人醒著。」

他不答腔，只是稍微往她那邊靠攏一些。她探出胳臂，把手平放在他的胸口，他握住她的手指輕輕的捏著。不一會兒他的手就落到了床上，他吁了口氣。

「麥可？親愛的？我想要你幫我揉揉腿。我兩條腿好痛。」她說。

「天哪，」他輕輕的說。「我真的想睡了。」

「我想要你幫我揉揉腿，跟我說說話。我肩膀也痛，可是腿特別痛。」

他翻個身開始替她揉腿，不久他的手搭著她的屁股又睡著了。

---

③Elizabeth Barrett Browning，一八〇六—一八六一，十九世紀英國著名女詩人。

④Rubàiyàt，波斯詩人海亞姆（Omar Khayyam，一〇四八—一一二二）的作品。

「麥可？」

「什麼，小南？怎麼了，快說啊。」

「我想要你幫我揉一揉全身，」她說著平躺下來。「今天晚上我的腿和手臂都好痛。」

她豎起膝蓋，把被單撐得像座塔。

他在黑暗中稍微睜開一下眼睛，馬上又閉起來。「發育的痛啊，嗯？」

「啊，對啊，」她擺擺腳趾，很高興終於把他叫醒了。「我十歲、十一歲的時候，就跟現在一樣大。你真該看看我當時的樣子！那段時間我發育得好快，腿和手臂一天到晚都在痛。你沒有嗎？」

「我沒有什麼？」

「你沒有過這種長大的感覺嗎？」

「好像沒有過。」他說。

他終於忍不住撐起身子，劃亮一根火柴，看了看鐘，再把枕頭翻個面，重新躺下。

她說，「你睡著了，麥可。我好想跟你說話。」

「好啊。」他說，沒有任何動作。

「抱抱我，讓我好睡一點。我睡不著。」她說。

他翻過身來，一手搭著她的肩膀，她側轉身，面向著牆壁。

「麥可？」

他用腳趾碰碰她的腳。

「你為什麼都不跟我說你喜歡什麼，或是不喜歡什麼？」

「現在想不出來，」他說。「妳想到就說吧。」他說。

「你保證要說給我聽哦。要守信用哦？」

他再碰碰她的腳。

「嗯……」她開心的翻轉身平躺。「我喜歡好吃的食物，牛排、馬鈴薯煎餅之類的。我喜歡好看的書和雜誌，喜歡晚上搭火車，還有坐飛機的時候。」她停下來。「當然這些並沒有照喜歡的順序來排。如果要照順序，那我就得想想。不過我真的很喜歡坐飛機。在離開地面的那一剎那，你會有一種豁出去的感覺。」她把兩條腿架在他的腳踝上。「我喜歡晚上很晚很晚睡，第二天早上一直賴在床上。我真希望我們能夠天天這樣，不要只是偶爾一次。我喜歡做愛。我喜歡有時候意外的受到愛撫。我喜歡看電影，之後再跟朋友一起喝啤酒。我喜歡交朋友。我很喜歡珍妮絲．韓翠克斯。我喜歡一個禮拜至少跳一次舞。我喜歡一直都有漂亮的衣服穿。我喜歡隨時都能給孩子們買漂亮的衣服，用不著等這等那的。現在羅瑞就需要一件復活節穿的新衣服。我還想給蓋瑞買一套小西裝之類的。他長大了。我喜歡你也能有一套新西裝。其實你比他更需要一套新的西裝。我喜歡我們能有一個真正屬於自己的家。我喜歡我們不用每年或是每隔一年就要搬一次家。最最重要的，」她說，「我喜歡我們兩個人可以無憂無慮的過過好日子，不用去擔心什麼錢啊帳單之類的東西。你睡著了？」她說。

「沒有。」他說。

「我想不出別的了。換你來，告訴我你喜歡什麼。」

「我不知道。很多東西。」他含糊的說。

「好啊，說來聽聽。我們不就是在聊天嗎？」

「我希望妳別鬧我了，小南。」他再度轉回自己的那一側，讓手臂隨意的擱在床沿。她也翻轉身緊貼著他。

「麥可？」

「天哪，」他又說：「好啦。讓我兩條腿舒展一下，我就會醒了。」

不一會兒工夫，她說，「麥可？你睡著了嗎？」她輕輕的搖搖他的肩膀，沒有反應。她就這樣貼身的依偎著他，試著睡覺。她先是安靜的躺著，動也不動地擠著他，連呼吸都調得好小聲，可還是睡不著。

她努力不去聽他的呼吸，結果卻愈來愈不舒服。他呼吸的時候，鼻子裡會發出一種聲音。她試著調整自己的呼吸配合他的節奏。一點也不管用。他鼻子裡的那種聲音使得所有的努力統統無效。他的胸口也會發出一種吱啊吱的聲音。她翻個身，屁股貼著他的屁股，一條胳臂伸過床沿，手指尖小心翼翼的巴著冰冷的牆壁。床腳的被子扯開了，動腿的時候她感覺到一股冷風。她聽見隔壁公寓有兩個人在上樓梯。開房門的時候有人掐著喉嚨在笑，接著地板上有拖椅子的聲音。她再翻個身。隔壁在沖馬桶，過一會又沖一次。她再翻身，這次仰著躺，試著放鬆自己。她想起有一回在雜誌上看到的一篇文章：如果全身的骨頭、肌肉、關節能夠完全放鬆，自然就會輕鬆入睡。她吁了一口大氣，閉上眼睛，手臂平放在身體兩邊，文風不動的躺著。她盡力放鬆，盡力想像她的腿懸空著，好像浸泡在某種薄紗似的東西裡。她翻個身，面朝下的趴著睡。眼睛閉一會，再張開。她想到自己的手指縮成一球在嘴唇前面的床單上。她抬起一根手指輕輕搭著床單，用拇指觸摸著無名指上的婚戒。她側轉身，回復平躺。她開始沒來由的害怕了，只求自己能快快入睡。

求求你，上帝，快讓我睡覺吧。

她拚命試著入睡。

「麥可？」她小小聲的喚著。

毫無回應。

她聽見睡隔壁房間的孩子，有一個在翻身的時候撞到牆壁。她用心的聽，再聽，卻怎麼也聽不到其他的聲音了。她把一隻手壓在左胸，感覺著傳到手指上的心跳聲。她趴著身子哭了起來，她的腦袋離開了枕頭，嘴緊貼著床單。她哭著。哭過一陣子之後，她從床腳爬下來。

她進浴室洗手洗臉，還刷了牙。她邊刷牙邊望著鏡子裡自己的臉。她把客廳的暖氣開大，坐到廚房的餐桌旁邊，把兩隻腳縮進睡衣裡。她又哭了。她從餐桌上的菸盒裡抽出一支菸點著，坐一會兒後，她回到臥室拿睡袍。

她去看看兩個孩子，幫他們蓋好被，她再回到客廳坐在大椅子上。她翻開一本雜誌試著往下看。她盯著書頁上的照片發一會兒呆，再試著繼續往下看。外面時不時的有一輛車子經過，她抬起頭。每經過一輛車子她就這樣等著，聽著，然後再把視線落回到那本雜誌。大椅子旁的架子上有厚厚一疊的雜誌，她全部都翻了一遍。

外頭開始出現一些天光，她站起來，走到窗前。小山頭上無雲的天空逐漸翻白，樹林和對街那一棟棟兩層樓的公寓房子在她眼底慢慢的有了形狀。天空更白了，光線飛快的從山頭後面擴散開來。記得之前也有過這樣的時候，只是當時她都在忙孩子的事（那些次數不能算，因為她從來沒往窗外看過，只趕著在臥室和廚房之間來來回回），她這輩子沒有看過幾次日出，頂多是在她很小的時候。記憶中沒有一次像眼前的這副樣子。不管是照片還是書本裡，她從來沒見過這樣的日出，太可怕了。

她待了一會兒，走到門口，開了鎖，踏上前陽台。她攏緊睡袍的領子。空氣潮潮的，很冷，所有的一切一步一步的，愈來愈清晰。她讓視線隨意游走，直到最後定在對面小山頭，那閃著紅光的無線電塔上。

她穿過昏暗的公寓房間，回到臥室，他整個人窩在床中央，被子揪在肩膀上，腦袋瓜有一半壓在枕頭底下。他睡得好沉、好痛苦的樣子，手臂撲在她睡的位置，牙關緊緊的咬著。就在她注視的時候，房間明亮起來，蒼白的床單在她眼裡更加的蒼白。

她舔舔嘴唇，發出一點黏乎乎的聲音，她跪下來，兩隻手伸到床上。

「上帝啊，」她說，「上帝啊，你願意幫幫我們嗎，上帝？」她說。

4 為什麼，寶貝？

親愛的先生：

收到你來信問起我的兒子令我十分驚訝，你怎麼知道我在這裡？事情發生之後我就搬來這裡，已經好些年了。這裡沒人知道我是誰，可是我還是很害怕。我害怕的就是他。當我看著報紙只會搖頭和不解。我看著他們寫他的事情，我問自己這人真的是我的兒子嗎，他真的做了這些事嗎？

他是個好孩子，除了他的火爆脾氣，除了他不肯說實話。我也說不出是什麼道理。事情開始在一個夏天，七月四日，他就要滿十五歲了。我們家的貓茱迪不見了，不見了一天一夜。第二天晚上，住我們後面的庫柏太太過來告訴我們說那天下午茱迪爬進她家後院死了。她說茱迪受了重傷，面目全非，不過她認得出是茱迪。庫柏先生把殘骸埋掉了。

面目全非？我說，妳說面目全非是什麼意思？

庫柏先生看到兩個男孩在空地上把鞭炮塞進茱迪的耳朵和那個地方，你知道的。他想過去阻止，但他們跑了。

是誰，誰會做出這種事，他看見是誰了嗎？

其中一個男孩他不認識，另外一個是往這邊跑的。庫柏先生認為就是妳兒子。

我搖頭。不對，不會有這種事，他不會做出這種事，他好愛茱迪的，茱迪在我們家好多年了，不對，不會是我的兒子。

那天傍晚我把茱迪的事說給他聽，他驚嚇得不得了，他說我們應該懸賞緝兇。他用打字機打好一篇東西，答應說要把它張貼在學校裡。可是那天夜裡就在他進房間的時候，他卻說別太難過了，媽，牠老了，以貓的歲數來說牠已經六十五，快七十歲的年紀，活得夠久了。

他每天下午和星期六一整天在哈特雷當貨品陳列員。我有個朋友在那裡工作，貝蒂．威爾克斯，就是她有一天告訴我有這麼個職缺，說她願意幫他爭取。那晚我向他提起這事，他說好，現在年輕人的工作很難找。

他第一次領薪水的那晚，我煮了他最愛吃的菜色，他進門的時候飯菜都已經上桌了。一家之主回來啦，我擁抱著他說，我感到好驕傲，你領了多少薪水，寶貝？八十塊錢，他說。我大吃一驚。太棒了，寶貝，我簡直不敢相信。我餓死了，他說，吃飯吧。

我很開心，可我想不透，怎麼會比我賺的還多。

我洗衣服的時候，在他口袋裡發現哈特雷的支票存根，寫的是二十八塊，但他說八十。他為什麼不照實說呢？我不能理解。

就像我問他寶貝昨晚去哪了，他會回答說去看電影了，但之後我卻發現，他是去參加學校裡的舞會或是跟誰開車兜風去了。我會想這有什麼關係呢，他幹嘛不說實話呢，沒道理欺騙他的老母親啊。

記得有一回他說是參加課外教學，我就問他課外教學都看到些什麼，寶貝？他聳聳肩膀說地層、火山岩、灰燼，他們指給我們看那裡在一百萬年前原本是個大湖，現在成了一片沙漠。他看著我的眼睛滔滔不絕的說著。第二天我接到學校一張通知單，說要家長簽課外教學的同意書，是否同意他參加。

高中快畢業的那年他買了一輛車，經常不見人影。我關心他的課業成績，他總是哈哈大笑。你知道他是最優秀的學生，你知道他就是這樣子。在那之後他又買了把霰彈槍和獵刀。我不喜歡看到屋裡有這些東西，我跟他說了。他哈哈大笑，他總是笑臉相向。他說他會把槍和刀放進車子的後車廂裡，他說這樣取用起來也比較方便。

一個星期六的夜晚他沒回家，我真是擔心到了極點。第二天早上十點左右他回來了，他要我給他做早餐，說是打獵打出了好胃口，他說一晚沒回家很抱歉，說他們開了好長一段路才到達那個地方。聽起來很奇怪。他顯得很緊張。

你去哪了？

上威奈斯去了。我們去打獵，開了幾槍。

你跟誰一起去，寶貝？

弗雷。

弗雷？

他瞪著眼睛看我，我就此打住，不再追問。

隔天星期日我偷偷進他房間，拿了他的車鑰匙。因為前一晚他答應我，下班回家要順便去買早餐的食材，我以為他也許會把那些東西留在車上；結果我看見他的新鞋半露在床鋪底下，鞋子上沾滿了泥沙。這時他睜開眼。

寶貝啊，你的鞋怎麼了？你看看你的鞋。

沒汽油了，我得走路去買。他坐了起來，說，妳管這些幹嘛？

我是你媽呀。

趁他沖澡的時候我拿了車鑰匙，走去打開他車上的後車廂。我沒找到採買的食材。我看到霰彈槍躺在布被上，獵刀也是，我看到他的一件襯衫捲成一團，我把它抖開，上面都是血，還是濕的。我連忙放開手，關上後車廂回到屋子，看見他在窗口望著，並且開了門。

我忘了告訴妳，他說，我流了好多鼻血。不知道那襯衫還能不能洗，乾脆扔掉算了。他面帶微笑。

幾天後我問他工作的情形。不錯，他說，他加薪了。但我後來在街上遇到貝蒂・威爾克斯，她卻說哈特雷的員工都對他的離職感到可惜，他很討人喜歡的，貝蒂・威爾克斯這麼說。

過了兩天，晚上我躺在床上睡不著，乾瞪著天花板。我聽見他的車在屋子前面煞住的聲音，我側耳傾聽，他拿鑰匙開了門鎖，穿過廚房、走廊，進去他的房間，隨手關上了房門。我起床。我看得見門縫底下的燈光。我敲一下，推開了門說要不要一起喝杯熱茶，寶貝，我睡不著。他傾身在梳妝台旁邊，砰的關上抽屜，轉過身子衝著我尖吼要我出去，他大聲咆哮著，滾出去，我恨透了妳這樣鬼鬼祟祟的監視，他大聲吼叫。我回自己的房間哭到睡著。那晚他傷透了我的心。

第二天早上他沒跟我照面就出去了，這對我來說也沒什麼。我打算從今以後就把他當房客對待，除非他肯改過，因為我已經到了極限。如果他想要我們不只是生活在同一個屋簷下的兩個陌生人，他就得跟我道歉。

那天黃昏我回到家，他已經做好了晚餐。今天怎麼樣？他接過我的外套說，都還好嗎？我說昨晚我一夜沒睡，寶貝，我對自己發誓說別跟你提這件事，免得讓你覺得內疚，可是我真不習慣被自己的兒子用這樣的口氣說話。

我要給妳看一樣東西，他說，他給我看他在公民課寫的一篇文章。我認為那寫的是關於國會和最高法院兩者之間的關係。（他在畢業典禮上得獎的就是這篇文章！）我努力的看著，當下我做了決定，就趁現在吧。寶貝，我想跟你說幾句話，以現在這種情況養大一個孩子不容易，尤其是家裡沒有父親的情況更難，有事情的時候沒個男人可以求助。現在你就快長大成人了，而我還是脫不了責任，我覺得無論如何，我也有資格得到一些尊重和關心。我要聽真話，寶貝，我只求你做到這一點，說真話。寶貝，我吸了口氣，假如說你有個孩子，你問他話，隨便問什麼，好比他在哪裡、他去了哪裡、他平常都在做些什麼之類的，可是他從來不告訴你實話，從來不！——又譬如，你問他現在外頭是不是在下雨，他回答不是，又說外面天氣好得很又出大太陽，那我猜想，他一定在偷笑，他一定認為你是個老蠢貨，分明可以看見他的衣服是濕的啊。但他為什麼要說謊，你問自己，他說謊有什麼好處呢？我不明白。我不斷問自己為什麼，卻找不到答案。為什麼，寶貝？

他什麼話也不說，只是瞪著眼，然後他走上來跟我並排站著說，我告訴妳為什麼。他向我下跪，向我低頭下跪，他說，這就是第一個理由。

我跑回我的房間鎖上門。那夜他離家出走了，帶了他的東西，他要的東西，離開了。信不信，從此我再也沒見過他。畢業典禮上我有看到他，不過那次旁邊圍著一大堆人。我坐在觀眾席，看著他領畢業證書和那篇文章的獎狀，我聽他演講，我跟著其他人一起鼓掌。

完了之後，我就回家了。

我再也沒有見過他。噢不對，我在電視上看過他，也常在報紙上看到。

我發現他加入了海軍陸戰隊，後來又聽人說他離開陸戰隊回東部去上大學了，之後跟那個女孩結了婚走入政界。然後，我開始在報紙上常看到他的名字。我查到了他的地址寫信給他，每隔幾個月就寫一封信，但從來沒有回音。後來他競選州長當選了，真的出名了。也就從那時候起我開始擔心。

我擔心這擔心那，我好害怕，我當然不再給他寫信了，我真希望他以為我死了。所以我搬來這裡，我請他們給我一個不登錄的電話號碼。接下來我還得改名換姓。只要你有權有勢，想要找某某人，就有辦法找得到，不會太困難的。

我應該感到很驕傲，可事實上，我卻很害怕。上星期我在街上看見一輛車子裡面坐著一個男人，我知道他在監視我，我立刻回家把門鎖上。還有幾天前我正躺著，電話卻拚命的響，可我接起話筒後，裡面一點聲音也沒有。

我老了。我是他母親。我應該是全天下最驕傲的母親，而我只覺得害怕。

謝謝你來信。我很想讓別人知道，我真的很慚愧。

我也很想請問你怎麼會知道我的名字和地址。我一直都在祈禱希望沒人知道。可是你知道了。為什麼？請告訴我為什麼。特此敬上。

他今年三十一歲。

這些事情都已經忙得團團轉了，想不到居然又來了珊蒂，他太太的妹妹，她送給兩個孩子——艾力克斯和瑪莉——一隻四個月大的雜種狗。他真希望這輩子沒見過那條狗。還有珊蒂，也是。那個賤人！她總是弄一些名堂害他花錢，東拉西扯的編出一堆非修不可的理由，惹得幾個孩子又吼又鬧的打到你死我活。天哪！然後透過白蒂，好說歹說的叫他拿出二十五塊錢。一想到開出去的那些二十五或五十元的支票，就在幾個月前還替她付了八十五塊的車款——她的車款，天哪，再下去，只怕連自己的房子都要保不住了——這個念頭讓他決定要殺了那條狗。

珊蒂！白蒂，艾力克斯，瑪莉！潔兒！還有那條該死的狗蘇西！

這就是艾爾。

他非出手不可了——先把順序安排好，一步一步的來，考慮清楚。已經到了該行動的時候，已經到了必須改變的時候了。他計畫就在今晚。

他先把那狗無預警的哄上車，再隨便找個理由開出去。不過他很不願意去想，到時候白蒂又會斜眼看著他穿衣服，在他要出門的時候，以一種很委屈的口吻問他去哪、去多久等等，讓他感覺糟糕透頂。他從來不習慣撒謊。再說，撒這個謊划不來，因為明明不是那回事，卻被白蒂想成了那回事，這叫作浪費的謊言。可是他不能跟她說實話，不能跟她說他不是去喝酒，不是去找朋友，他是去處理那條該死的狗，這是整頓這個家的第一步。

他用手在臉上抹一把，試著把這一切暫時拋開。他從冰箱取出一罐好運牌啤酒，拉開鋁環。他的人生變成了一座迷宮，一個謊言堆疊著另一個謊言，堆疊到連他自己都不敢確定能不能脫困了。

「死狗！」他大聲的說。

「牠簡直太不講道理了！」這話艾爾經常掛在嘴上。此外，牠很賊，只要後門開著、家裡沒人，牠馬上撲開紗門，直入客廳，在地毯上尿尿。到現在為止，地毯上至少已經尿了六七攤的「地圖」。牠最喜歡的地方是洗衣間，牠可以在那些髒衣服上面滾來滾去，把內褲短褲的褲胯和屁股部分全都嚼爛。同時牠還愛咬屋子外面的天線，有一次艾爾把車子停在車道上，發現牠躺在前院，嘴裡叼著他的一隻富樂紳名牌皮鞋。

「牠瘋了，」他說。「牠把我也逼瘋了。這樣下去還得了。狗崽子，總有一天我要殺了牠！」

白蒂對那狗的容忍度寬得多，她總能相安無事的過好一陣子，然後突然發飆，握緊拳頭，大罵雜種、賤貨，尖起聲音叫孩子們把牠趕出房間、趕出客廳等等。白蒂對待幾個孩子也是這個方式。她會盡量的跟他們和平相處，放任到相當的程度，然後忽然兇性大發，摑他們的耳光，尖起聲音叫罵。「給我停下來！停下來！我受不了啦！」不過一會兒她又會說，「這是他們共同養的第一隻狗。別忘了那時候你有多疼你自己養的第一隻狗哪。」

「我的狗有頭腦，」他還會說，「牠可是愛爾蘭塞特犬！」

過了下午，白蒂帶著孩子們開車回來，大家一起在小院子吃三明治和薯條。他在草地上睡著了，醒來的時候已近黃昏。

他淋浴，刮鬍子，穿上休閒褲和乾淨的襯衫。他睡得很過癮可是有些呆滯。他一面整裝一面想著潔兒。他也想著白蒂，想著艾力克斯和瑪莉，想著珊蒂和蘇西。他開始頭昏。

「就要吃晚飯了。」白蒂走到浴室門口盯著他。

「沒關係，我還不餓。太熱了吃不下，」他扯了扯襯衫領子說。「我或許會開車去卡爾那裡，打打撞球，喝兩杯啤酒什麼的。」

她說，「是喔。」

他說，「唉呀！」

她說，「去啊，我不介意。」

他說，「我不會去很久。」

她說，「我說去啊。我說我不會介意啊。」

到了車庫，他說，「靠，統統去死吧！」一面踢著橫在水泥地上的耙子。他點起一支菸努力克制自己，然後撿起耙子放回原位，嘴裡不斷的嘟囔，「命令這，命令那。」那狗忽然來到車庫，在門邊探頭探腦的嗅著。

「來，過來，蘇西。來啊，小姐。」他喊。

那狗搖搖尾巴卻不進來。

他伸手搆到除草機上方的貯藏櫃，拿下一罐，再兩罐，最後一共拿了三罐狗罐頭。

「今天晚上任妳吃，蘇西，大小姐。全部任妳吃到飽，」他邊哄邊撬開第一罐，把罐頭裡的雜碎倒入狗碟子。

他開車繞轉了快一個小時，沒辦法決定地點。如果他把牠隨便扔在附近哪裡，只要給流浪動物之家打個電話，那狗頂多一兩天就又回來了。白蒂第一個會打這個電話。他記得看過不少關於走失的狗跋涉千里返回家園的報導；他記得一些犯罪型態的節目裡，經常有車號被人看見的情節，這個念頭令他心驚肉跳。事情鬧開了，其他理由不說，光是為了遺棄一隻狗而遭到逮捕，實在有夠丟臉，所以他非得找個恰當的地點才行。

他一路開到了美洲河附近。其實那狗需要出來走走，領略一下清風拂背的感覺，偶爾可以游游泳踩踩水，一天到晚關在圍牆裡也怪可憐的。可惜這裡靠近河堤的空地太偏僻，四周圍沒一棟房子。畢竟，他還是希望那狗能被人發現，能受到好好的照料。他心裡想的是那種很大的、兩層樓的老房子，裡面住著一群活潑快樂又有教養的小孩，他們想要養狗，非常的想。可是這裡沒有兩層樓的老房子，一棟也沒有。

他把車開回公路。把那狗騙上車之後，他沒再正眼瞧過牠。牠現在安靜的趴在後座。等他靠路邊煞住車，牠立刻坐直，左顧右看的哀聲叫著。

他把車停在一間酒吧門口，在進去之前先搖下車窗。他在那裡待了將近一個小時，喝啤酒、推圓盤，心裡老在意著是不是應該把車門縫隙打開一些。等他走出酒吧的時候，蘇西筆直坐在位子上，嘴唇往後翻，露出一口森森的狗牙。

他發動車子再出發。

忽然他想到了一個地點。在附近不遠，他們從前住過，那兒小孩特別多，就在尤洛縣交界的地方，非常合適的一個地點。如果有人發現了那狗，一定是送往伍德蘭動物收容所，而不是撒克拉曼多這邊的動物之家。只要把車開上老街坊的隨便哪條路，停下來，先丟出一坨牠愛吃的雜碎，再打開車門，使力一推，牠一下車，他便立刻開走。搞定！一切搞定。

他朝目標前進。

車子開過亮著燈光的門廊，他看見有三、四間屋子門前的台階上坐著一些男女。他慢慢的開著，接近原來住的老房子時他開得更慢，慢到幾乎要停住了，他盯著大門、門廊，亮著燈光的窗戶。看著這棟屋子，更加重了他不真實的感覺。他曾經在這裡住過——住了多久？一年，十六個月？那麼，在那之前呢，奇戈，雷德布樂夫，塔可馬，波特蘭——他在那裡遇到白蒂——亞基馬……托本涅盧，他在那裡出生，上高中。小時候，就他記憶所及，他根本不知道什麼叫煩惱和倒楣。他想起夏天在克斯卡特山區釣魚露營，秋天跟在山姆後面獵雉雞，山姆一身紅色的毛皮，在玉米田和紫花苜蓿的草地上成了醒目的標誌，男孩——就是他，和他的狗就在這片田地上發了瘋似的奔跑。他真希望今晚就這麼一直一直的開下去，開到托本涅盧的老街，在第一個號誌燈的地方左轉，再左轉，然後停在他母親住的地方，然後永遠，永遠，不管天大的理由，從此再也不要離開。

他來到了昏暗的街道盡頭。正前方是一大塊空地，街道繞著空地向右轉。貼近空地這邊差不多一整條街都沒半戶人家，另外一邊也只有一間屋子，黑漆漆的不見燈光。他停了車，想也不想的，挖起一把狗食，打開靠空地這邊的後車門，把狗食扔出去，說，「下去，蘇西。」他推牠，牠勉強的跳下車。他撐著身子，把車門關上，開走了，開得很慢。然後愈開愈快。

§

他停在杜比酒吧前面，這是回撒克拉曼多路上的第一家酒吧。他提心吊膽，滿身是汗。既沒有放下重擔的感覺，也沒有寬慰的感覺，這跟他原本的想法大有出入。他一再向自己保證，這是踏出正確的一步，他告訴自己，明天，美好的感覺就會來臨。該做的事跑不掉。

灌了四杯啤酒之後，一個穿著高領毛衣和涼鞋、拎著一只手提箱的女生坐到他旁邊，把手提箱擱在兩張凳子中間。她跟酒保似乎很熟，那酒保每次經過總會停留一下和她聊幾句。她告訴艾爾，她的名字叫茉莉，她不讓他請喝啤酒，卻提議要吃半個披薩。

他對她笑笑，她也笑臉相迎。他掏出香菸和打火機放在吧台上。

「披薩！」他說。

稍後，他說，「順路載妳一程吧？」

「不用，謝謝。我在等人。」她說。

他說，「妳要去哪？」

她說，「不去哪。噢，」她用腳尖碰碰那只手提箱，「你指這個？」她大笑。「我就住在西撒克拉曼多這兒。我哪也不去。這裡面只是洗衣機的馬達，是我媽媽的東西。傑瑞——就是那個酒保——他很會修理東西。傑瑞說他願意免費把它修好。」

艾爾站起來。他湊向她的時候身體微微的有些搖晃。他說，「那就再見了，寶貝。下次再見。」

「一定！」她說。「謝謝你的披薩。我從午餐到現在沒吃過東西，想消掉一些這個。」她拽起毛衣，捏一把腰上的肉。

「確定不要我載妳嗎？」他說。

那女的搖搖頭。

再回到車上，他邊開車邊摸索香菸，緊接著，他發狂似的摸索著他的打火機，這才想起全都留在酒吧裡了。去他的，他想，就讓她拿去吧，就讓她把打火機和香菸跟著那台洗衣機馬達一起塞進手提箱吧。他把這筆帳記到那狗的身上，又多出來一筆花費。絕不會再有下一次！這事惹惱了他，現在他的一切開始步上軌道了，連那女生都對他不太感興趣了。如果換個心情，他早就「釣」到她了。這人在沮喪的時候，全身都不對勁，甚至連點根菸都不對。

他決定去看潔兒。他在一家賣酒的小店停下來，買了一品脫威士忌，爬上她的公寓樓梯，在樓梯間停一會兒喘個氣，用舌頭清了清牙齒。他仍舊嚐得到披薩裡的蘑菇味，那威士忌害得他口乾舌燥。他知道他現在第一要務是直接衝進潔兒的浴室，用她的牙刷刷牙。

他敲門。「是我，艾爾，」他小聲的說。「艾爾。」他又把聲量放大一些。他聽見她的腳踩著地板的聲音。她開了鎖，正準備卸下門鏈時，他整個人重重的壓靠在門上。

「等等，親愛的，艾爾，你別推啊，我沒辦法鬆開門鏈了——好了。」她開了門，拉著他的手打量著他的臉。

兩個人胡亂的擁抱一下，他親親她的臉頰。

「坐下來，寶貝。這兒。」她開了燈，扶他坐上沙發，再摸了摸自己頭上的髮捲說，「我去搽一點口紅。你想喝什麼？咖啡？果汁？啤酒？啤酒好像還有。你帶了什麼……威士忌？你想要什麼，寶貝？」她一手揉著他的頭髮把身子挨近他，專注的看著他的眼睛。「可憐的小寶貝，你想要什麼呢？」她說。

「我只想要妳抱著我，」他說。「來，坐下來。不要搽口紅。」他說著把她拉到他腿上。「抱緊。我要掉下去了。」他說。

她伸出手臂環住他的肩膀。她說，「去床上吧，小寶貝，我給你你喜歡的。」

「我跟妳說，潔兒，」他說。「像在溜薄冰，隨時都會裂開來……我不知道。」他用一種自以為很明確、很自負的眼神看著她。「嚴重啊。」他說。

她點頭。「什麼都別去想，小寶貝，只管放輕鬆，」她說。她把他的臉拉近，吻他的額頭，再吻他的嘴唇。她在他的腿上稍微側轉身說，「別動，艾爾。」她十根手指忽然攬住他的脖子，順勢捧住了他的面孔。他的眼睛朝房間裡打個轉，然後集中注意力，看她到底要幹什麼。她強有力的手指穩穩的抓牢了他的頭，再用兩根大拇指的指甲猛擠他鼻子邊的一粒黑頭粉刺。

「坐好別動！」她說。

「不，」他說。「不要！住手！我現在沒那心情！」

「就要擠出來了。我叫你坐好！……好了，你看。你覺得如何？你不知道它長在這兒，對不對？現在只剩一顆了，大顆的，小寶貝。最後一顆。」她說。

「我去洗手間。」他推開她，好讓自己脫身。

家裡的人哭成一團，滿是困惑。他還來不及把車停好，瑪莉便哭著衝上來。

「蘇西跑掉了，」她哽咽著。「蘇西跑掉了。牠不會回來了，爸爸，我知道的。牠跑掉了啦！」

「我的天哪，」他的心頭一緊，想著：「看我做了什麼好事？」

「別擔心，乖寶。牠大概跑去哪裡玩了，會回來的。」他說。

「牠不是，爸爸。我知道牠不是。媽媽說我們要另外養一隻狗了。」

「那不是很好嗎，乖寶？」他說。「蘇西如果不回來，就另外養隻狗？我們可以去寵物店——」

「我不要另外一隻狗！」孩子巴著他的腿大哭大叫。

「我們可不可以不養狗，改養猴子？」艾力克斯問。「如果我們去寵物店，可不可以不要狗，改成要猴子？」

「我不要猴子！」瑪莉大叫。「我要蘇西。」

「大家先放開手，讓爸爸進屋裡去。爸爸的頭痛得不得了。」他說。

白蒂從烤爐端出砂鍋菜。她看起來很疲倦，煩躁……很老。她沒看他。「孩子們告訴你了嗎？蘇西跑掉了？附近鄰居我都找遍了。每一個地方，我發誓。」

「那狗會出現的，」他說。「可能只是跑出去玩了，那狗會回來的。」他說。

「說實話，」她兩手撐在屁股上轉身向他。「我想的跟你不同。我想牠有可能被車撞了。我要你開車出去找一找。昨晚孩子們叫牠，牠跑了。從那之後就沒再見過牠。我給動物收容所打了電話，描述牠的模樣，他們說捕狗車還沒回來。我等明天早上再打。」

他走進浴室還聽得見她說個沒完。他往洗臉槽裡放水，心裡胃裡都覺得怪怪的，這個錯實在犯大了。他關掉水龍頭，聽見她還在唸。他繼續盯著水槽。

「你聽見我的話了嗎？」她喊。「我要你吃過晚飯開車出去找牠。孩子們也可以跟你一起去找找看……艾爾？」

「是是是！」他回答。

「什麼？」她說。「你說什麼？」

「我說是。是！好。什麼都好！先讓我洗把臉，行嗎？」

她從廚房這頭往他那邊看。「怎麼，你是吃錯藥啦？昨晚是我叫你喝醉的嗎，啊？我真是受夠了，告訴你！你知道我今天一天過的是什麼日子嗎？艾力克斯一大早五點鐘把我叫醒，擠上床來跟我說他爸爸打呼的聲音太大……你把他『嚇』壞了！我看見你連衣服也沒脫，就昏死在那裡，整個房間酒氣沖天。告訴你，我真的是受夠了！」她飛快的朝廚房掃了一眼，好像要抓住什麼東西。

他一腳把門踹上。這是什麼世界啊。他刮鬍子的時候停了一下，手裡拿著刮鬍刀，注視著鏡子裡的自己：他的臉像生麵團，毫無個性——不道德，就是這個說法。他放下刮鬍刀，想：「我確定這次我真的犯下了天大的錯誤。我確定我犯了一個全天下最大的錯誤。」然後，又把刮鬍刀提到喉嚨口，把鬍子刮完。

他沒有洗澡，沒有換衣服。「把我的晚飯擱在爐子上熱著，」他說。「或者放進冰箱。我這就去。現在馬上去。」他說。

「你可以吃過飯再去啊。孩子們跟你一起去。」

「不要，絕對不要。讓孩子們好好吃晚飯，要不就讓他們在這附近找找。我不餓，天就快黑了。」

「是不是每個人都瘋了？」她說。「我不知道我們到底還要怎樣。我已經撐不住了。我已經要瘋了。我要是瘋了，兩個孩子怎麼辦？」她跌靠在瀝水板上，皺著臉，淚水滾滾的淌下。「你不愛他們！從來沒愛過。我擔心的不是那隻狗。是我們！我知道你不愛我了——你這個渾蛋！——你居然連兩個孩子也不愛！」

「白蒂，白蒂！」他說。「天哪！一切都會沒事的。我向妳保證，」他說。「放心吧，我向妳保證，沒事的。我去找回那隻狗就沒事了。」他說。

他蹦出屋外，閃進矮樹叢，他聽見兩個孩子追了過來：女孩在哭喊，「蘇西，蘇西」；男孩口裡嚷嚷著也許被火車輾死了。等他們回到屋子裡時，他趁機溜去開車。

他焦躁的等著每一個號誌燈，痛恨因為停車加油浪費的時間。此時太陽低垂而沉重，就在山谷盡頭的山頂上。最多只剩下一個小時的天光了。

他看見他的人生從此走入毀滅。就算再活個五十年——大概不太可能——他大概也沒法撫平遺棄狗這件事。如果找不到那狗，他想他也完了。一個會丟棄小狗的男人簡直一文不值，這種男人什麼事都幹得出來，什麼事都幹不好。

他在座位上扭動身子，不斷望著太陽腫脹的圓臉，望著它在山頭上愈沉愈低。他知道目前的情況已經超出原來的預期，可是他也沒轍。他知道他必須想辦法找回那狗，就像前一晚他知道他非要除掉牠不可一樣。

「要發瘋的人是我。」他邊說邊點頭。

§

這次他走另一條路，沿著他把牠扔下車的那塊空地，警覺著任何一點動靜。

「但願牠還在。」他說。

他停下車在空地上搜尋。然後再往前開，開得很慢很慢。一輛休旅車響著引擎停靠在那獨棟房子的車道上，他看見一個穿著體面的女人踩著高跟鞋，帶著一個小女孩從前門走出來，他經過時她們看著他。車子開了一段距離後向左轉，他的眼睛始終盯著街道和街道兩邊的院子，能看多遠就看多遠。什麼也沒有。隔一條街左右，有兩個騎單車的孩子站在一輛停著的汽車旁邊。

「嗨，」他慢慢停住車對兩個男孩說。「你們今天有沒有看到一隻小白狗？短毛的白狗？我的狗走失了。」

一個男孩只是瞪著他。另外那個說，「今天下午我看到好多小孩在那邊跟一隻狗玩。就這條街的對面。我不知道是什麼樣的狗。好像是白的。反正，有好多小孩。」

「太好了，謝謝，」艾爾說。「非常感謝。」他說。

他在街尾朝右轉，專注的看著前方。現在太陽已經下山，天色幾乎全黑了。一棟接一棟的房子，樹木、草地、電線桿、停泊的車，在他眼裡是如此的寧靜且安逸。他聽見有個男人在叫喚他的孩子；他看見有個穿圍裙的女人走到亮著燈的家門口。

「我還有機會嗎？」艾爾說。他感覺淚水湧上眼底。他很訝異，忍不住取笑自己，甩甩頭地取出手帕。就在這時，他看到一群孩子從街上走過來，他揮手引來他們注意。

「你們有沒有看見一隻小白狗？」艾爾對他們說。

「有啊，」一個孩子說。「是你的狗嗎？」

艾爾點點頭。

「我們一分鐘前還在跟牠玩，就在這條街，在泰利家的院子。」小男孩明確的指著。「就這條街。」

「你有小孩嗎？」其中一個小女孩說。

「有。」艾爾說。

「泰利說他要收養牠，他沒有狗。」那男孩說。

「這我就不知道了，」艾爾說。「我想我的孩子大概不會願意吧，那是他們的狗。只是走失了。」艾爾說。

他繼續沿著這條街駛著。現在天色真的暗了，視線很不清楚，他又開始發慌，嘴裡默默的咒罵著。他罵自己的反覆無常，不斷的變來改去，一會兒這樣，一會兒又改成那樣。

然後他看見那狗了。他知道自己已經看了牠好一會。那狗慢吞吞的走著，沿著圍籬不停的嗅著青草。艾爾下了車，穿過草坪，哈著腰，邊走邊喚，「蘇西，蘇西，蘇西。」

那狗看見他的時候停了下來。牠抬起頭。他蹲在地上，伸出手臂，等待著。他們兩個互相對望了一會。牠動了動尾巴打招呼，然後趴下來，把腦袋夾在兩條前腿中間凝望他。他等著。但牠卻爬起來，繞過圍籬消失了蹤影。

他坐在那裡。不管從哪方面想，他並沒有太糟的感覺。這世界上狗多的是，到處都是。有這種狗，有那種狗，有些狗就是跟你不合。

6 鄰居

比爾．米勒和阿琳是一對恩愛幸福的夫妻，但他們老覺得自己的生活圈太小了；比爾總是在忙他的會計帳務，阿琳的時間也被祕書的雜事佔據光了。他們倆不時會談起這些事，並且多半會拿他們鄰居——海莉和吉姆．史東的生活來做比較。在米勒夫婦的眼裡，史東家過的生活似乎既充實又快樂。史東夫婦經常上館子，要不就在家裡宴客，或是隨著吉姆出差到國內各地旅行。

史東家就住在米勒家對門。吉姆是一家機器零件公司的業務員，常常把業務和私人旅遊結合在一塊，這次他們要外出十天，先到夏安，再去聖路易拜訪親戚。史東夫婦不在家的這段期間，請託米勒代為照看他們的公寓，餵食咪咪，替植物澆水。

比爾和吉姆在座車旁邊握手道別。海莉和阿琳彼此擁抱親吻。

「祝你們玩得開心。」比爾對海莉說。

「會的會的，」海莉說，「你們也一樣。」

阿琳點點頭。

吉姆向她眨個眼。「甭啦，阿琳。好好照顧這老小子啊。」

「會的。」阿琳說。

「去玩個痛快吧！」比爾說。

「當然當然，」吉姆輕輕攏了攏比爾的肩膀。「再次感謝啊，兩位。」

史東夫婦揮著手駕車離去，米勒夫婦也揮著手。

「真希望是我們兩個。」比爾說。

「其實，我們也可以休個假。」阿琳說。她拉起他的手臂環住自己的腰，兩人踏上自家公寓的台階。

晚餐後阿琳說，「別忘了。第一晚咪咪要吃肝臟味的貓食。」她站在廚房門口，摺著海莉去年從聖塔菲買來送她的手工桌布。

比爾走進史東夫婦的公寓，深深的吸了口氣。這屋裡的空氣已經有些濃濁，還夾著淡淡的甜味。掛在電視上方的日光型時鐘指著八點半。他還記得那天海莉帶這鐘回來，在大廳現給阿琳看的模樣，她把銅匣子抱在懷裡，隔著包裝紙對它說話，就好像它是個嬰兒似的。

咪咪貼著他的拖鞋，磨蹭牠的小臉，然後翻身側躺，但是等比爾一走進廚房，從瀝水板上挑選貓食罐頭的時候，牠立刻跳了起來。他由著貓咪自個兒享用美食，逕自走向浴室。

他注視鏡子裡的自己，閉了閉眼再睜開看。他打開藥物櫃，看見一罐藥丸，隨意讀了一下上面的標籤——海莉・史東。按指示服用，一天一粒——他順手塞進自己的口袋。接著回到廚房，灌了一壺水，回到客廳。澆完水，把水壺擱在地毯上，打開酒櫃。他從後排的酒裡取了瓶起瓦士威士忌，對著酒瓶喝了兩口，用袖子擦了擦嘴唇，再把酒瓶放回原位。

咪咪在長沙發上睡覺。他關了燈，慢慢地關上門又再檢查一遍。他總覺得好像漏掉了什麼。

「怎麼那麼久？」阿琳說。她勾著腿坐著，在看電視。

「沒什麼，跟咪咪玩了一下。」他走過去碰碰她的乳房。

「我們上床吧，寶貝。」他說。

第二天下午二十分鐘的休息時間，比爾只休了十分鐘，四點四十五分就收工下班。他把車停在停車場的時候，阿琳才剛剛跳下巴士。他等她進入大樓，才快速奔上樓梯，等候著她踏出電梯。

「比爾，嚇我一跳。你提早下班啦？」她說。

他聳聳肩膀。「反正也沒事嘛。」他說。

她讓他拿她的鑰匙開了門。他跟她進屋裡之前朝對門望了望。

「我們上床睡覺去。」他說。

「現在？」她哈哈大笑。「你是怎麼啦？」

「沒什麼，快把衣服脫了。」他笨手笨腳地抓著她，她說，「天哪，比爾。」

他解開了褲帶。

事後他們叫了外賣的中式餐點，食物一到，兩人狼吞虎嚥地猛吃，也不說話，只聽著唱片。

「別忘了餵咪咪。」她說。

「我剛好也在想，」他說。「我這就過去。」

他替那貓選了一罐鮮魚味的貓食，再灌一壺水澆那些花草。回到廚房，那貓還在扒牠的飯碗。牠定定地看他一會，再回頭繼續扒那些雜碎。他打開所有的餐具和食物櫃，查看裡面的罐頭、麥片穀物、散裝食品、雞尾酒杯、瓷器、鍋碗瓢盆，接著又打開冰箱，聞聞芹菜，咬兩口巧達起司，然後啃著蘋果走進臥室。床好大，鋪著一張垂到地上的白色鬆毛床罩。他拉開床頭櫃的抽屜，發現半包菸，順手塞進自己的口袋。他接著走向衣櫥，正準備打開時，前門響起敲門的聲音。

他經過浴室，順手抽水沖了一下馬桶。

「什麼事耽擱那麼久？」阿琳說。「你待了快一個多鐘頭了？」

「是嗎？」他說。

「當然是啊。」她說。

「我在上廁所。」他說。

「你自己家也有廁所啊。」她說。

「我等不及了。」他說。

那天夜裡他們又做愛了。

早晨他要阿琳打電話叫他起床。他沐浴、更衣，做了早點。本來想看書沒看成，於是他出去散了個步，覺得舒服些。過了一會兒，他又轉到了對門的公寓，兩手仍舊插在口袋裡。他停在史東家門口，想聽聽那貓走動的聲音；然後他進了自家的門，到廚房取出鑰匙。

這屋子裡似乎比他自己的家來得涼爽，也昏暗些。他不知道是不是因為那些植物的關係而影響了氣溫。他瞧了瞧窗外，慢慢地穿過各個房間，對每一件映入眼簾的東西逐一的、仔細的玩味思考。他查看菸灰缸、各式家具、廚房用品，以及時鐘。他查看所有的東西，最後他進入臥室，那貓在他腳邊出現了。他摸了牠一下，把牠抱進浴室，關上門。

他躺在床上瞪著天花板，闔眼躺了一會，一隻手在褲帶底下遊走。他努力想著今天是幾號，努力想著史東夫婦回來的日期，甚至開始懷疑他們還會不會回來。他已經記不得他們的臉、他們說話的樣子和穿著打扮。他嘆了口氣，翻身下床，挨近梳妝台，注視著鏡中的自己。

他打開衣櫃，挑了一件夏威夷衫。再繼續找，終於找到一條百慕達短垮褲，齊整的搭在一條牛仔褲上面。他脫掉自己的衣物，套上短褲和襯衫，再照一次鏡子。然後去客廳，他為自己斟了杯酒，邊喝邊走回臥室。他又換上藍襯衫，深色西裝，一條藍白相間的領帶，繫鞋帶的黑皮鞋。杯子空了，他再去倒一杯。

再回到臥室後，他坐在一張椅子上，兩腿交叉著，面帶微笑地觀賞鏡子裡的自己。電話鈴響了兩次，停了。他喝完酒，脫下西裝，在頂層的抽屜裡一陣亂翻，找到一條女用內褲和一副胸罩。他套上內褲，繫上胸罩，再往衣櫥裡找尋全身的配備。最後，他穿上一條黑白格子裙，努力拉起拉鍊；再穿上一件酒紅色的上衣，扣好前排的鈕釦。他也曾考慮過她的鞋子，不過肯定不合腳。他隱身在客廳的窗簾後面，往窗外看了很久很久；然後他回到臥室，把身上的裝扮全部脫掉。

他不餓，她也吃得不多，兩個人靦腆的互看著，微微的笑。她站起來檢查一下擱在架子上的鑰匙之後，就去清洗碗盤了。

他站在廚房門口抽著菸，看見她拿起鑰匙。

「我去對門，你在這自在地待一會兒吧，」她說。「看看報紙什麼的。」她的手指攏住了那把鑰匙。她說，他看起來好疲累的樣子。

他試著專注在新聞上面。他看看報紙打開電視，最後，他也走向對門，但是門反鎖著。

「是我。妳還在屋裡嗎，親愛的？」他喊著。

過了好一會鎖開了，阿琳走出來關上門。「我待了很久嗎？」

「是啊。」他說。

「真的嗎？」她說。「大概跟咪咪玩到忘了時間吧。」

他打量著她，她別開視線，一隻手仍舊搭在門把上。

「怪好玩的，」她說，「你知道——像這樣進到別人的家裡。」

他點點頭，牽起她搭在門把上的手，帶引她走向他們自己的家門，走進自己的公寓。

「真的，怪好玩的。」他說。

他注意到她毛衣背後沾著白色的棉線，也注意到她緋紅的雙頰。他吻上她的脖子、頭髮，她也轉過身來回吻他。

「啊，該死，」她說。「該死，該死，」她說著，還像個小女生似的拍著手。「我剛剛才想起來，我把要去做的正事全忘了，我沒餵咪咪也沒澆水。」她看著他。「這不是白痴嗎？」

「不會，」他說，「等我一下，我去拿個菸陪妳過去。」

她等他關門鎖門，然後挽起他結實的胳臂說，「我跟你說，我發現了一些照片。」

他走到一半停下來。「什麼樣的照片？」

「你去看了就知道。」她邊說邊觀察他。

「是哦。」他咧嘴笑。「在哪裡？」

「抽屜。」她說。

「是哦。」他說。

她忽然說，「也許他們不會回來了。」話一出口，連她自己也嚇了一跳。

「有可能，」他說。「任何事都有可能。」

「或許他們還是會回來……」可是她沒把話說完。

他們倆手牽手走過大廳，他說話的時候她有些心不在焉。

「鑰匙，」他說。「拿給我。」

「什麼？」她說，盯著那扇門。

「鑰匙，」他說。「妳有鑰匙。」

「天哪，」她說，「我把鑰匙留在屋裡了。」

他試試門鈕。鎖著。她再試試門鈕。還是轉不動。她張著嘴，費力的吸氣，期待著。然後，他展開雙臂，她投進了他的懷抱。

「別擔心，」他在她耳畔說。「沒事，別擔心。」

他們倆站在那兒，互相擁抱著。兩人抵著那扇門，彷彿強風來襲，他們全力防衛著。

7 胖子

我坐在朋友麗塔的家裡，抽菸喝咖啡，跟她說那件事。

下面就是我跟她說的事。

一個生意清淡的星期三午後，賀伯招呼那胖子進來我的小店裡。

那胖子是我見過最胖最胖的一個人，他修飾得倒還乾淨，穿著也夠體面，整個人上上下下就是一個大字。不過我記得最清楚的，是他的手指。我停在他桌位附近伺候另外一對老夫婦的時候，第一眼注意到的就是那些手指頭，它們比普通人的手指足足大了三倍——又長，又粗，油脂豐厚。

其他幾桌客人都點好菜了，一桌是四個生意人，要求挺多的，另外一桌也是四個人，三男一女，然後加上這對老夫婦。林岱為胖子倒了水，我給胖子足夠的時間慢慢看菜單做決定。

晚安，我說。您需要點餐了嗎？

麗塔，他塊頭真大，我說的就是大。

晚安，他說。嗨，哦對，他說，我看我們可以點了。

他講話就這個調調——很怪，知道嗎？而且動不動就發出小小的吁氣聲。

我們先來個凱撒沙拉吧，他說，再一碗湯，附帶麵包和奶油，好嗎？羊排不錯，他又說，還要加酸酪的洋芋。甜點我們晚一點再說吧。非常感謝，他說著，順手把菜單遞給了我。

天哪，麗塔，那手指頭。

我趕緊進廚房把點餐單交給路迪，他臭著臉接過單子。妳知道路迪的，他上班的時候就這副德行。

我從廚房出來的時候，瑪格——我跟妳提過瑪格嗎？就是追路迪的那個。瑪格對我說，妳那個胖子朋友是誰啊？他真是個大胖子耶。

現在正題來了，我認為這才是正題。

我在他的桌位旁料理凱撒沙拉，他盯著我的每一個動作，抹上奶油的麵包擱在一邊，這段時間他不停地發出吁吁的聲音。總之，不知道是太興奮還是怎麼的，我把他的水杯撞翻了。

真對不起，我說，每次只要心急就會發生這種事，真是很抱歉。我說，你沒事吧？我馬上叫服務生來處理。

沒事，他說。沒關係的，說著，他又吁了一口氣。別放心上，我們不會介意的，他這麼說，並且笑著擺擺手。於是，我離開位子去找林岱。但是等我回來端上沙拉，卻發現胖子已經把奶油麵包全吃了。

過一會兒，我再給他上一份麵包的時候，他連那盤沙拉也吃完了。妳知道那凱撒沙拉的分量有多大吧？

妳真好，他對我說，這個麵包真棒。

謝謝，我說。

真的很好吃，他說，我們說的是實話。我們難得吃到這麼好吃的麵包，他說。

您從哪兒來？我問他。以前我沒見過您，我說。

像他這種人鐵定過目難忘吧，麗塔邊說邊偷笑。

丹佛，他說。

我不再問下去，雖然心裡很好奇。

您的湯一會兒就到，先生，我說完話就去為那四個要求特多的生意人收拾桌面。

等我把湯端上來，發現那份麵包又沒了蹤影，而最後一片麵包正在往他嘴裡塞。

相信我，他說，我們平常沒這麼能吃的。他又再吁口氣說，還請你們多多包涵。

您快別這麼說，我喜歡看男人大口痛快吃喝的樣子，我說。

我不知道，他說，這大概是妳的想法吧。又吁口氣。他調整一下餐巾，然後拿起湯匙。

我的天哪，他真胖！林岱說。

那也沒辦法，我說，閉嘴吧。

我又擺上一籃子麵包和奶油。湯還好嗎？我說。

謝謝妳。很好，他說，好極了。他抹抹嘴唇，拍拍下巴。這裡是不是有點熱，還是只是我的感覺？他說。

不，這裡是熱了點，我說。

我們不如把外套脫了吧，他說。

請便，我說，您覺得舒服最重要。

正確，他說，非常、非常正確。

過了一會兒，我看他還是穿著外套。

其他幾組客人陸陸續續都走了，連那對老夫婦也走了，店裡空蕩蕩的。這時候，我給這胖子上了羊排和烤洋芋，再添一份麵包和奶油，整間店裡只剩他一個客人。

我在他的洋芋上淋了很多酸酪，在酸酪上還撒了培根和香蔥。我又再為他上了一份麵包和奶油。

口味還好嗎？我說。

好，他吁氣。好極了，謝謝妳，他說完後，再吁氣。

慢慢享用，我說。我掀開糖罐蓋子瞧了瞧，他點點頭朝我的方向看過來，一直看到我走開為止。

我好像知道自己想要追究什麼，但又不太清楚。

那肥仔怎樣？他打算讓妳跑斷腿嗎？哈利問我。哈利妳認識的。

今天的特選甜點，我對那胖子說，是澆了果醬的布丁蛋糕，招牌綠燈籠，其他還有乳酪蛋糕、香草冰淇淋和鳳梨雪霸。

我們沒耽誤妳的時間吧？他吁氣，一臉認真關切的表情。

不會，當然不會，不急的，我說，您慢慢決定，我再幫您倒一杯咖啡。

說實在的，他說著在椅子上動了動身子，又說，我們挺喜歡那招牌甜點的，不過還可以再來一盤香草冰淇淋。請在上面加一點巧克力醬。剛才說過我們正餓著呢，他說。

等我進廚房親自為他準備甜點時，路迪說，哈利說妳弄了個馬戲團的大肥仔進來。真的嗎？

路迪已經把圍裙和廚師帽全都摘下了，妳現在明白我的意思了吧。

路迪，他是胖，可這也沒什麼。

路迪只是一個勁的笑。

我怎麼覺得她對肥貨特別有好感，他說。

小心啊，路迪，瓊安說，人家才剛剛進廚房。

我是在吃醋啊，路迪對瓊安說。

我把特選甜點擺在胖子面前，外加一大碗澆上巧克力醬的香草冰淇淋。

謝謝，他說。

您真客氣，我說——忽然間，我有一種莫名的感觸。

妳信不信，他說，我們真的不常這麼吃。

可是像我，我愛吃，吃很多，有吃卻沒有得，我說，有吃有得那才好啊。

沒辦法，他說。要是我們能有選擇就好了，可惜沒得選。

接著他拿起湯匙吃了起來。

然後呢？麗塔拿了我一支菸點上，把座椅拉近桌子。這故事開始有意思了，麗塔說。

沒了。沒然後了。他吃完甜點就走了，接著我跟路迪回家了。

真是個不得了的大胖子，路迪說，他整個人四仰八叉的撐著，累的時候他就這副樣子，然後他笑呵呵的看他的電視去了。

我趁煮開水準備泡茶的時間去沖澡。我把手按在肚子上，心想著如果我有了孩子，其中一個長成那樣，那麼的胖，不知道會怎樣。

我把水倒進壺裡，準備好茶杯、糖罐、牛奶，把托盤端到路迪面前。他好像一直在想著這件事。路迪說在我小時候，認識過一個胖子，好幾個胖子。他們真的都是大胖子，天哪，名字我都記不得了。胖子，就是那個孩子的名字。我們就叫他胖子，那孩子住在我隔壁，是我的鄰居。後來還有別的孩子陸續住進來。他的名字叫大寶。除了老師，大家都叫他大寶。胖子大寶。要是我有他們的相片就好了，路迪說。

我想不出該說什麼。我們兩人喝著茶，過沒多久我就上床睡覺了，路迪也跟了上來，他關了電視，鎖好大門，開始寬衣。

我往床裡頭靠邊平躺著。路迪一關燈上床，就開始動作。我背過身子放輕鬆，雖然心裡不願意也不想，但還是沒拒絕，隨便他來。路迪趴上來的時候，我突然感覺到自己好胖，簡直是不得了的胖，胖到路迪都變成了好小好小的小不點，幾乎都不存在了。

這真是很好笑的一個故事，麗塔說。但是我看得出來，麗塔根本沒搞懂。

我覺得很沮喪，但我不想再跟她多扯了。我對她已經說了太多。

她坐在那兒等待，纖纖的手指順著她的頭髮。

在等什麼呢？我很想知道。

八月了。

我的人生會有改變。我感覺得到。

8 點子

我們吃完晚餐，離熄燈還有一小時，我待在廚房餐桌邊監看著。如果今天晚上他要行動，那麼該是時候了，而且早該是時候了。我已經有三個晚上沒見著他。但是今晚，臥室的簾子掀了起來，燈火通明。

我感覺就是今晚。

然後我看見了他。他打開紗門走到後陽台，身上穿著一件T恤和一條像是百慕達式的短褲，又有點像是泳褲。他朝四周看了一眼，隨即跳離陽台沒入暗影，他開始沿著屋側移動。他的速度極快，要不是我一直在監看，根本就看不到他。他停在亮燈的窗前往裡探。

「瓦恩，」我叫喊。「瓦恩，快啊！他在外面。你要快啊！」

瓦恩在客廳看報，電視機開著。我聽見他扔下報紙。

「別讓他瞧見妳！」瓦恩說。「別太靠近窗子！」

瓦恩老愛說這句：別太靠近。他對於監看總是有那麼一點尷尬，我覺得。可我知道他其實很喜歡的，他說過。

「沒開燈，他哪看得到我們啊。」我每次都這麼說。這情況已經持續了三個月。正確的說，是從九月三號開始。總之，那是我看見他出現的頭一個晚上。我不知道在那之前還持續了多長的時間。

那一晚我幾乎就要報警了，後來看清楚是誰之後才作罷。倒是瓦恩，費了一番唇舌跟我解釋，即使如此，還是耗了不少時間才讓我了解狀況。從那一晚以後我就一直守著，看著，現在我已經很有把握，他平均每隔二或三個晚上出現一次，有時候還會隔得更久些。即使下雨天我也會看到他在外面。事實上，下雨的時候，才更看得見他。不過今晚天清氣爽，明月高掛。

我們跪蹲在窗戶後面，瓦恩清了清喉嚨。

「妳看他。」瓦恩說。他在抽菸，非不得已的時候，他就把菸灰直接彈在手心裡。噴煙的時候他會把香菸稍微離窗戶遠一些。瓦恩無時無刻不抽菸，根本阻止不了他；甚至連睡覺的時候，菸灰缸離他的腦袋都只有三吋遠，好方便他抽菸。我半夜醒來時，也總會見到他清醒著抽菸。

「天才。」瓦恩說。

「她到底有什麼別的女人沒有的東西啊？」過了一會兒我對瓦恩說。我們兩個蹲在地板上，只把腦袋露在窗檻上，看著一個男人站在自家臥室的窗口探頭探腦地朝裡面張望。

「說的也是。」瓦恩說。他就貼著我的耳朵清嗓子。

我們繼續監看。

現在我看得出簾子後面有個人。她應該是在脫衣服，但什麼也看不見。我拚命睜大眼。瓦恩則戴起他的老花眼鏡，這樣一來他看任何東西都比我來得清楚。忽然，窗簾拉向一邊，那女人把背對著窗戶。

「她在幹嘛？」我明知故問地說。

「天才。」瓦恩說。

「她在幹嘛啊，瓦恩？」我說。

「她在脫衣服，」瓦恩說。「妳以為她在幹嘛？」

臥室的燈關了，男人開始沿著原路往回走。他打開紗門，溜進去，一會兒之後，其他的燈光全都滅了。

瓦恩咳了又咳，一面搖頭。我開了燈，他蹲坐在地上不動，然後站起來點上一支菸。

「總有一天，我要告訴那個賤人我對她的看法。」我看著瓦恩說。

瓦恩笑了笑。

「我是說真的，」我說。「總有一天我會在市場碰到她，我要當面說她。」

「要是我，我不會這麼做。妳這麼做有什麼意義呢？」瓦恩說。

我看得出來他不認為我是認真的。他皺著眉頭看他的指甲，他的舌頭在嘴巴裡打轉，眼睛瞇細，每次只要他專注想事情就是這副模樣。接著他的表情變了，開始搔下巴。「妳不會真的跑去做這種事吧？」他說。

「你等著瞧。」我說。

「靠！」瓦恩說。

我跟著他走進客廳。我們的情緒有些激動，說來說去，都是這件事惹起來的。

「你等著好了。」我說。

瓦恩在大菸灰缸裡捻熄了菸。他站在他那張皮椅旁邊，盯著電視看了一會兒。

「根本沒什麼看頭，」他說，接著他又扯了些別的。他說，「也許他有什麼特別的原因吧。」瓦恩再點起一支菸。「誰曉得呢。」

「不管是誰，只要在我的窗戶外面東張西望，」我說，「就該叫警察。除非他是大明星卡萊・葛倫①。」我說。

瓦恩聳聳肩膀。「難說。」

①Cary Grant，一九〇四—一九八六，美國著名電影演員，曾主演多部希區考克電影。

我忽然想吃東西。我走去食物櫃張望一下，再打開冰箱。

「瓦恩，你要不要吃什麼？」我喊。

他沒回答。我聽見浴室有放水的聲音。我想他大概會想吃點什麼，這麼晚了我們應該都餓了。我把麵包和豬肉罐頭擺上桌，打開了一罐湯，再拿出餅乾、花生醬、冷肉捲、泡菜、橄欖和洋芋片。我把所有的東西都放在桌上。這時我又想到了蘋果派。

瓦恩穿著浴袍和絨布睡衣走出來。他的頭髮濕濕的，順順溜溜的垂在腦後，身上有花露水的香味。他看著餐桌上的東西，說，「來一碗焦糖玉米片如何？」他坐下來，把報紙攤在他的餐盤旁邊。

我們吃著消夜。菸灰缸裡塞滿了橄欖核和他的菸屁股。吃完了，瓦恩笑嘻嘻的說，「什麼香味啊？」

我往烤箱拿出兩塊鋪滿乳酪的蘋果派。

「看起來挺不錯的。」瓦恩說。

過沒多久，他說，「我吃不下了，我要去睡了。」

「我也是，」我說，「我清完桌子就來。」

我把盤子上的殘渣刮進垃圾桶裡，看見好多螞蟻。我湊近看，牠們是從水槽底下的水管爬上來的，很穩定整齊的一條路線，從罐頭一邊上去再從另外一邊下來，不斷的上來下去。

我在一只抽屜裡找到噴效，對著罐頭裡裡外外噴個夠，甚至連水槽底下最後面的位置都噴了。然後，我洗完手，朝廚房四周看了最後一眼。

瓦恩睡得很熟，還打起鼾來。幾個小時之後他醒了，走進浴室，抽菸。床尾的小電視開著，畫面晃來晃去。

我很想跟瓦恩說螞蟻的事。

我慢條斯理的做著睡前的例行事項，調整好畫面，爬上床。瓦恩發出熟睡時必定出現的噪音。

我看了一會兒電視，那是個談話節目，我不喜歡脫口秀。我又想起那些螞蟻。

不一會兒我覺得滿屋子都是那些螞蟻。我不知道該不該叫醒瓦恩，跟他說我做了一個惡夢。結果，我起床去拿那罐噴效，再度查看水槽底下，一隻螞蟻也沒有了。我把屋裡所有的燈都打開，讓整間屋子大放光明。

我不斷地噴噴效。

最後我拉起廚房的窗簾往外看。很晚了，風呼呼地吹著，我聽見樹枝劈啪的響。

「爛貨，」我說。「爛點子！」

我甚至用了更難聽的字眼，害我都不好意思再說第二遍了。

9 沒人說一句話

我聽見他們在廚房裡，聽不清楚他們在說什麼，只是不斷地爭執。然後安靜了，她開始哭。我用手肘撞撞喬治，我以為他會醒過來說他們幾句，讓他們覺得不好意思再爭執；可是喬治真是個屎蛋，他居然亂踢亂吼起來。

「不要撞我，你這個渾球，」他說，「我要去告你！」

「你這個豬頭，」我說，「你就不能聽明一次嗎？他們在吵架，我聽見媽媽在哭，你聽啊。」

他從枕頭上稍微撐起腦袋來聽。「我才不管呢。」他翻個身，對著牆繼續睡他的覺。喬治是一等一的屎蛋。

之後，我聽見爸爸用力的甩上前門，搭公車去了。她早跟我說過他會把這個家毀了。可我不想聽到這些。

過了一會，她來叫我們上學。她的聲音聽起來怪怪的——我不知道為什麼。我說我肚子痛，這是十月的第一個星期，我還沒缺過課，她能說什麼呢？她看著我，心裡卻好像在想著別的事。喬治也醒來聽著，從他在床上動來動去的樣子，我知道他醒了。他是在等著看情況怎麼發展，再決定該怎麼做。

「好吧。」她搖搖頭。「我也沒辦法，那你就待在家裡吧。記住，不可以看電視哦。」

喬治立刻跟進。「我也病了，」他對她說。「我頭痛。他一整夜撞我踢我，我完全沒辦法睡。」

「夠了！」她說。「你去學校，喬治！你不能一整天待在家裡跟你弟弟打架。快起床穿衣服。我是說真的，今天早上我不想再打仗了。」

喬治等她離開房間之後才從床尾爬下來。「渾蛋！」他說著，一把拽掉我的被單，然後躲進了浴室。

「我殺了你。」我說，但我的聲音不大，她不會聽見。

我在床上一直待到喬治上學去。她準備上班的時候，我央求她幫我把長沙發鋪整一下，我說我要躺在那裡看書。咖啡桌上放著我的生日禮物，是艾德嘉．萊斯．伯樂斯①叢書系列和一本社會公民課本。其實我不想看書，只想要她趕快走，好讓我看電視。

§

①Edgar Rice Burroughs，一八七五—一九五〇，美國作家，作品以《人猿泰山》和《火星系列》的小說最著名。

她在沖馬桶。

我等不及了，打開電視只播畫面不開音響。我跑去廚房，她的菸還留在那裡，我抖出三支，再把菸收進食物櫃，然後回到沙發開始讀《火星公主》。她走出來瞥了一眼電視，沒說話。我把書翻開來，她在鏡子前面攏攏頭髮再走進廚房。等她出來時，我又轉過頭看書。

「我已經遲到了。掰掰，寶貝。」她沒提電視開著的事。昨晚她說，她搞不懂為什麼每次非得要「亂一陣」之後才能去上班。

「別煮東西。你用不著去開火什麼的，肚子餓了冰箱有鮪魚。」她看著我。「不過肚子痛最好別亂吃。總之你不必去開火。聽見了嗎？把那藥吃了，寶貝，希望今天晚上你肚子會好起來。也許今天晚上我們大家都會好起來。」

她站在門口轉著門把，感覺上好像還想說些什麼。她穿著白上衣黑裙子，繫著黑色寬皮帶。有時候她宣稱這是她的全套行頭，有時候則說它是制服。就我的記憶裡，這套衣服總是掛在衣櫥裡，或是晾在曬衣繩上，或是正在用手洗，或是正在廚房裡熨燙。

她的上班時間是週三至週日。

「掰啦，媽。」

我等著她發動引擎暖車。聽著她把車子開出邊道時，我才起身把電視音量開大，再去拿菸。我抽了一根，在看醫生護士的談話性節目時就不抽了。我轉到別的頻道，看了一會就關掉電視。我覺得沒興趣不想看了。

我看完塔斯塔卡斯愛上一個綠女人，第二天早上發現她的腦袋被妒忌的小叔給砍了的那一章——這書我大概看過五遍了。看完書，我走進他們的臥室四處亂翻，我並沒有特別想要找什麼東西，頂多又是保險套之類的，結果找遍了整個臥室也沒找著什麼。有一次我在一只抽屜最裡面找到一罐凡士林。我知道這個一定跟「那個」有關，可是我不知道怎麼個有關法。我讀標籤，希望能透露一些提示，像是用途說明、使用方法，或是如何塗抹之類的，結果什麼都沒有。純石化油膏，前面的標籤上就這麼幾個字。不過光這幾個字就夠讓人想入非非了。最佳護理小幫手，後面印著。我試著拿護理這兩個字做聯想——鞦韆，滑梯，沙箱，單槓——這些玩意跟他們在床上有什麼關係呢。我打開過罐子好多次了，也聞過，還觀察從上次到現在用掉了多少。這次我放過了這罐純石化油膏，我只想看看它是不是還在那兒。我又翻了幾個抽屜，也沒期待真能發現什麼。我查看床底下，啥也沒有。我再檢查櫃子裡他們存放雜支費的罐子：沒有找開的零錢，只有一張五元和一元的鈔票。這點錢他們一定記得。我念頭一轉，不如穿上衣服去樺樹溪散個步。鱒魚季已經開始了一個多禮拜，但大家幾乎都不釣魚了。所有的人現在都按兵不動，只等著獵鹿和雉雞的賽事開鑼。

我取出舊衣褲。在平常穿的襪子外面套上羊毛襪，再慢條斯理地綁著靴子上的鞋帶。我做了兩三個鮪魚三明治和夾了雙層花生醬的餅乾，把水壺灌滿，再把獵刀和水壺一起佩在腰帶上。臨出門前，我決定留一張字條，上頭寫著：「覺得好多了，去樺樹溪走走。很快就回家。R留。三點十五分。」從剛才到現在差不多四個鐘頭了，再十五分鐘喬治就要放學回家了。我離開家之前，先吃了一個三明治和一杯牛奶。

出來的感覺好好。現在是秋天，除了晚上之外，天氣還不冷。晚上大夥會在果園點上煙燻盆，睡到第二天早上，鼻孔裡全是一圈圈烏黑的煙垢。可誰也不會抱怨什麼。他們說煙燻可以保護剛長的梨子不受凍傷，所以黑就黑吧，沒關係。

要去樺樹溪，你得先走完我們這條街，到達第十六街。再從第十六街左轉上山經過墓園再下到里諾克斯，那兒有家中國餐館。在那裡的十字路口，你可以看見機場，樺樹溪就在機場的下方。過了十字路口，第十六街就變成了觀景路。順著觀景路走，不久就會看到那座橋。道路兩邊都是果園，有時候經過果園，你會看到雉雞在果園中間奔跑，不過不能在那裡打獵，因為很可能會被一個叫馬梭司的希臘人開槍射擊。我估計走完全程大概要四十分鐘左右。

我在第十六街走到一半時，有個開紅色車子的女人在我身邊停下來。她搖下客座位置的車窗，問我要不要搭便車。她很瘦，嘴巴四周有幾粒痘子，頭髮成捲的往上梳，非常時髦。

她一身褐色的毛衣，胸部看起來很棒。

「蹺課啊？」

「可以這麼說吧。」

「要不要搭便車？」

我點點頭。

「上來吧。我趕時間。」

我把釣竿和魚簍放到後座。車底板和後座上堆了許多袋梅爾屋採購的雜貨。我努力想找些話來說。

「我去釣魚，」我說。我摘下帽子，將水壺挪個位，挨著車窗坐下。

「不問也知道啦。」她哈哈大笑的開車上路。「去哪？樺樹溪？」

我又點點頭。我看著我的帽子，這是叔叔去西雅圖看曲棍球比賽那次買給我的。我想不出話題了，於是看著窗外吮著腮幫子。眼裡看到的盡是自己被這個女人勾上，然後我們倆一拍即合，然後她把我帶回她家裡，任我擺布。想到這裡，我開始「不對勁」了。我把帽子移到大腿上，閉上眼睛努力想打棒球的事。

「我一天到晚都說總有一天要去釣魚，」她說。「他們說釣魚可以讓人非常放鬆。我這人就是太緊張。」

我張開眼。車子停在十字路口。我很想說，妳真的很忙嗎？想不想今天上午就開始？可是我連正眼都不敢看她。

「這樣行嗎？我得在這裡轉彎了。很抱歉，今天上午我真的很趕。」她說。

「可以可以。」我提了隨身的物件，戴上帽子，開口說話時又把它摘下。「再見，謝謝。也許等明年夏天……」我當然不敢把整句話說完。

「你是說釣魚嗎？沒問題。」她以女人習慣的方式，豎起兩根手指揮了揮。

我邁開步子向前行，心裡一直想著剛才想說卻沒說出口的話。我有好多事可以想。我是怎麼了？我用力揮舞釣竿，又大吼了兩三次。我只要開口問說要不要一起吃午飯就行啦。我家裡又沒人。眨眼之間，我們就可以進了臥室鑽到被子底下。她會問我可不可以不脫毛衣，我會說無所謂。她也不脫褲子。沒關係，我會說，我都不介意。

一架輕航機低飛掠過我的頭頂準備降落。現在離橋頭只有幾呎遠，聽得見水流聲。我衝到河堤，拉開拉鍊，一飆千里，居然飆過了小溪五呎多。這絕對破紀錄。我花了點時間再吃一個三明治和花生醬夾心餅乾。喝了半壺水。一切就緒，開始釣魚。

我考慮該從哪兒下手。從我們搬家以後，我來這裡釣魚少說也有三年了。爸爸習慣開車帶我和喬治一起來，他待在一旁抽菸，幫我們鉤魚餌，要是卡住了，他會重新幫我們綁魚線。我們總是從橋頭開始一路往下移，釣的魚也總是很少。偶爾，在季節剛開始的時候，我們會釣到最低額度。我匆匆把裝備弄好，先從橋底下拋幾次竿子試試。

有時候我也在河堤下或是大石塊後面拋竿，不過沒什麼斬獲。有一處水很靜，水底盡是黃葉，我看見幾隻小龍蝦舉著難看的大螯爬呀爬的，一隻鵪鶉忽然從樹叢裡飛出來。我擲出一根枯枝，一隻公雉雞呱呱的跳開十呎遠，害我險些把釣竿都扔了。

小溪不寬，水流得很慢，我隨便往哪走，幾乎都不會漫過靴子。我穿過一塊布滿牛糞堆的牧草地，到了注水的大水管。我知道水管下方有個小坑洞，所以十分小心。到了適合放釣線的地方，我跪了下來，魚鉤才觸著水面就被咬住了，可惜沒釣著，讓魚兒跑了。我感覺到牠扯著線翻了幾翻，然後就掙脫了，那魚線一個反彈飛了回來。我重新鉤上一枚鮭魚蛋，再試拋幾次，不過我知道運氣已經背了。

我登上河堤，從一道柱子上有「禁止進入」掛牌的柵籬底下鑽過去。一條機場跑道就從這裡開始。我停下腳步，細看地磚裂縫裡冒出來的小野花，可以清楚看見飛機輪胎直接壓過磚道的痕跡，連那些小野花身上也全是油污的印子。我從小溪另一邊下水，邊走邊釣，走到了那個水潭。我想就到此為止吧。三年前第一次來這裡的時候，湍急的水流幾乎拍過河岸，當時根本沒法在這裡釣魚。現在溪水比河岸低了大約六呎，溪水沿著水潭潺潺的流著，深不見底；稍微再走遠幾步，溪床斜斜的往上升，溪水好像啥事也沒發生過似的，又變淺了。上次我來這裡，抓過兩條長度有十吋左右的魚，還有一條比牠們至少大兩倍的魚溜掉了——夏季硬頭鱒，這是爸爸在聽我描述完之後說的。他說這種魚在早春漲潮時候游上來，在退潮之前多半都已經游回大河裡去了。

我在釣線上加了兩顆鉛珠，用牙齒把它們扣緊，再鉤上一枚新鮮的魚蛋，把釣線拋出去，溪水順著一塊突起的岩石流入水潭。我由著它順水流。我感覺得到鉛珠在石塊上敲擊的聲音，這跟魚咬餌的敲擊聲是不同的。忽然釣線抽緊了，在水潭的盡頭，那枚魚蛋被流水帶出了水面。

忙了半天什麼也沒釣到，覺得好嘔。我把各種釣線統統扯出來，再試一次。然後，我把魚竿靠在樹枝上，點起第二根菸。我抬頭望著谷地，想著那個女人。我們應該會去她家，因為她需要幫手替她搬採買的雜貨。她老公出國了。我開始撫摸她，她忍不住抖動。我們在長沙發上來個法式熱吻，她說要上洗手間。我跟她進去。我看著她褪下褲子坐上馬桶。我硬起來了，她招手要我，就在我準備拉開拉鍊的時候，我聽見溪水裡噗通一聲。我凝神一看，看見釣竿在抖動。

牠不算太大，掙扎得也不算太厲害，不過我存心跟牠玩玩。牠側翻身躺在水流底下，我不知道牠是什麼魚，樣子怪怪的，沒見過。我收緊釣線，一舉把牠提上岸邊的青草地，見牠在地上扭來扭去。是條鱒魚，卻是綠色的。我從來沒見過這種顏色的鱒魚。牠有綠色的魚鰭，黑色的鱒魚斑，淺綠的頭，和帶著些許綠色的肚子，就像是青苔的顏色。牠那種綠，就好像被青苔包裹了太久，那苔綠一股腦的都褪到牠身上去了。牠很肥，我不明白牠為什麼不肯掙扎到底，我懷疑牠是不是有病。我看了牠半晌，最後幫牠解決了所有的痛苦。

我拔了些青草鋪在魚簍裡，再把牠擺平在草堆上面。

之後我又甩了好幾竿，我猜想八成下午兩三點了。我明知應該要往橋那頭走下去，又覺得在回家之前應該在橋下再釣一會兒。最後，我打定主意，在夜晚來臨之前不再想那女人。誰知道，才這麼一想到晚上會硬，就真的硬起來了。我想最好還是別經常做那件事。差不多一個月前，一個星期六全家都出去了，我一做完那檔事立刻拿起聖經，鄭重發誓以後絕不再做。但是，我的精液卻滴到聖經上面，因此那誓言只維持了一兩天，到我下一次一個人獨處的時候就破了功。

我沒有再沿路釣魚。到了橋頭，我看見草地上有一輛腳踏車。我發現有個跟喬治體型相仿的男孩在岸邊奔跑，便朝著他的方向走去。他轉個身開始奔向我，眼睛直盯著水裡看。

「喂，怎麼啦！」我喊。「什麼事啊？」我想他是沒聽見我的喊聲。我看見他的釣竿和袋子都在岸上，於是我也扔下釣魚的裝備，跑到他那裡去。他看起來像隻老鼠，我的意思是，他有一口大暴牙，兩條細得不得了的胳臂，而身上那件長袖破襯衫實在太小了。

「天哪，我敢發誓，這是我在這裡見過最大條的魚了！」他叫著。「快！快看！看這裡！牠就在這裡！」

我順著他指的方向看，心跳立刻加速。

那魚有我整條手臂那麼長。

「天哪，天哪，看見了吧！」男孩說。

我一直盯著看。那魚棲息在一株伸向水面的枝幹底下納涼。「我的天，」我對那魚說，「你是何方神聖啊？」

「我們該怎麼辦？」男孩說，「我真該把槍帶來。」

「我們來抓牠，」我說。「哈哈，你看看牠！我們把牠抓到淺灘上去。」

「那你願意幫我囉？我們倆合作！」男孩說。

大魚順著溪流漂了幾呎，在清澈的溪水中悠閒地划呀划的。

「好啊，我們該怎麼弄？」男孩說。

「我從上游往下走，先驚動牠，」我說，「你就站在淺灘那兒，等牠想穿過去的時候，就抓牠個正著，想辦法把牠弄上岸。我不管你用什麼手段。只要把牠牢牢的抓住，別放手。」

「沒問題。哇靠，你看牠！你看牠，牠動了！牠要往哪去啊？」男孩尖叫。

我看著那魚又開始往上游，停靠在岸邊。「牠哪也不會去，根本無處可去。看見了嗎？牠已經嚇壞了。牠知道我們在這兒，只是轉來轉去的想找個出路。看吧，牠又停下了。跑不掉了，牠很清楚的。牠知道我們一定會逮住牠，知道自己沒戲唱了。我上去趕牠下來，等牠一過來，你就抓住牠。」

「我要是有帶槍來就好了，」男孩說。「那絕對制服得了牠。」男孩說。

我往上游走了幾步，然後涉入溪水中，邊走邊看著前方。忽然那魚刷的一聲從岸邊游開，就在我面前急轉身，帶起一陣水花，飛也似的往下游逃竄。

「牠來啦！」我大喊。「欸，欸，牠過來啦！」不料那魚還沒游到淺灘又掉轉頭游回來了。我拍著水花大喊，那魚又再度轉回原來的方向。「牠來啦！抓住牠，抓住牠！牠過來啦！」

那笨蛋白痴拿了根樹棍子，該死的白痴，看那魚游到淺灘，男孩居然就用那根樹棍子抽牠，而不是照我的意思用力的踹牠。那魚一急，側身一竄，竄過淺水灘，逃掉了。那笨蛋白痴小子猛撲過去，摔了個狗吃屎。

他渾身濕透的爬上岸。「我打中牠了！」那男孩吼著。「牠一定受傷了。我剛剛已經抓到牠，只是沒抓牢。」

「你啥也沒抓到！」我氣急的說。活該他摔這一跤。「你連靠近牠都沒有，笨蛋。你拿那根棍子幹嘛？應該踹牠呀。現在牠早就不知道游到哪去了。」我真想吐他口水，但只是搖了搖頭。「這下好了。我們沒逮到牠，以後大概也沒機會了。」我說。

「哇靠，我真的打中牠了！」男孩尖叫。「你沒看到嗎？我打中牠了，我也抓到牠了。你又靠牠多近了？再說，這到底是誰的魚啊？」他瞪著我。水沿著他的褲管淌到他的鞋子上。

我沒再說什麼，倒是認真的想著這個問題。我聳了聳肩膀。「好吧。我想應該算我們兩個人的魚吧。這次一定要抓住牠，誰也不許搞砸了！」我說。

我們涉著溪水往下走。我的靴子進水了，男孩連衣領都濕了。他用大暴牙咬著嘴唇，免得牙齒直打顫。

那魚不在淺灘下方的急流裡，再往下走也不見牠的蹤影。我們倆你看我、我看你，開始擔心那魚真的跑遠了，大概游到下游哪個深水坑裡去了。誰也沒料到那該死的傢伙居然挨著岸邊翻騰起來，牠甩動尾巴把爛泥攪進了清水裡，然後又跑了。牠游過另一個淺灘，大尾巴杵在水面上。我看著牠游到靠岸的地方停了下來，魚尾露出一半，逆著水流在那裡擺啊擺的。

「你看到沒有？」我說。男孩東張西望的看著。我抓住他的胳臂，帶動他的手指指著。「就在那兒。好，現在聽仔細了，我要走到兩岸中間的那條河道。明白我說的位置嗎？你就守在這裡等我的訊號再開始行動。知道了吧？這次牠如果掉頭，可別再讓牠跑了。」

「知道，」男孩咂咂嘴的說。「這次非逮著牠不可。」男孩說著，臉上露出一股狠勁。

我輕手輕腳地爬上岸往前走，再從岸邊滑進水裡。我還是看不見他娘的那個大渾球，整個人亂了方寸。搞不好牠早已經溜掉了。再往下游走不遠，就可以游進哪個水坑，那我們可就再也逮不到牠了。

「牠還在那裡嗎？」我大喊。我屏息等待。

男孩擺了擺手。

「準備！」我再喊。

「出發！」男孩吼回來。

我兩手發抖。小溪大約三呎寬，兩邊是泥岸。溪水很淺，水流卻很快。男孩現在下到水裡，溪水漫過他的膝蓋，他不斷朝前面扔石子，　邊打水一邊叫喊。

「牠來啦！」男孩揮舞著手臂。我看見那魚了，牠直衝著我過來了。牠一看到我便想要掉頭，可惜來不及了，我顧不得水冷，直接跪了下來，用手和臂膀合力把牠一把抄起，往上舉，再舉，舉得高高的，再使勁把牠扔出水面，最後我們兩個一起栽上了河岸。我抓著牠貼緊我的襯衫，牠不斷的扭動掙扎，我兩隻手終於從牠滑溜的身體移到了魚腮。我一手伸進牠嘴裡，用力扣住牠的下巴。我知道這下我真的制住牠了。牠仍舊在撲打，仍舊很難捉，不過我真的制住牠了，我絕不會放手。

「我們逮到牠啦！」男孩在水裡跳啊蹦的喊。「我們真的逮到牠啦，天哪！牠多厲害啊！你看看！天哪天哪，快讓我捉一下。」男孩喊個不停。

「我們得先弄死牠！」我說著，拿另一隻手伸進牠的喉嚨，拚死命的把魚頭往後扳，一面還得小心牠的牙齒，我感覺到一陣劇烈的嘎嗒聲。牠緩慢的抖動了一陣子後，不動了。我把牠擺平在地上，我們仔細的看著牠。牠起碼有兩呎長，離譜的瘦，比我抓過的任何一條魚都來得大。我再次扣住牠的下巴。

「欸，」男孩說，等他看懂我的意圖之後，就不再吭聲了。我把血清洗乾淨，把魚放回岸上。

「我好想帶回去給我爸看。」男孩說。

我們兩個渾身濕透，直打哆嗦。我們繼續看著牠，不斷的摸牠，然後撬開牠的大嘴，觸摸那兩排牙齒。牠的身體兩邊都有疤，發白的傷疤一個個都有二十五分硬幣那麼大，腫鼓鼓的。眼睛和口鼻的周圍有很多道裂口，我猜想可能是碰撞石塊或跟別的魚打架造成的。牠實在太瘦了，也許是瘦得太久了，連側邊的粉紅色條紋都看不見了，牠的肚子不是一般緊實的白色，而是鬆垮垮的灰色。無論如何，我認為牠真的很厲害。

「我看我得趕緊走了，」我看著山上的雲朵，太陽正在往下落。「我得趕緊回家才行。」

「說的是，我也要走了。簡直凍死我了，」男孩說。「欸，我想帶著牠，」男孩又說。

「去找根樹枝吧。我們把它穿過魚嘴巴，兩人一起提著牠。」

那男孩找來一根樹枝，我們把樹枝穿過魚腮推整一下，讓那魚掛在樹枝條的中間。我們一人握住一端，開始往回走，一路走，一路看著那魚在樹枝上晃蕩。

「現在該拿牠怎麼辦呢？」男孩說。

「我不知道，」我說。「照理說是我抓到牠的。」我說。

「我們兩個一起抓到的。再說，是我先看到的。」

「這倒是實話，」我說。「那你想扔銅板來決定嗎？」我用空著的手摸摸身上，半毛錢也沒有。萬一真的輸了該怎麼辦？

還好，男孩說，「不要，不扔銅板。」

我說，「好啊，我都無所謂。」我看著男孩，他頭髮直豎，嘴唇發紫。如果苗頭不對，現在要擺平他應該不難，但我不想打架。

我們走到原來放東西的地方，用一隻手拾起所有的東西，兩人誰也不肯鬆開抓著樹枝的那隻手。我們走去他停放腳踏車的位置，我牢牢的抓著樹枝，唯恐男孩耍花樣。

這時我有了主意。「我們可以把牠對半切。」

「什麼意思？」男孩說，他的牙又開始打顫。我感覺得到他把樹枝條抓得更緊了。

「切開牠。我有刀。我們把牠切成兩半，一人拿一半。我不知道啦，也許我們可以這樣做吧。」

他扯著一撮頭髮看著那魚。「你就用那把刀嗎？」

「你有刀嗎？」我說。

男孩搖搖頭。

「好吧。」我說。

我抽出樹枝，把魚擱在男孩腳踏車旁邊的青草地上，然後掏出刀子。我正在估量從哪下手切割的時候，跑道上有一架飛機在滑行。「就這兒！」我說。男孩點頭。飛機轟隆隆的壓過跑道，就在我們頭頂正上方騰空飛起。我一刀劃下去，劃到了牠的內臟，再把牠翻轉身，把魚肚裡的東西全部扯掉。我繼續不停的切割，直到整條魚只剩下肚子的一塊魚皮連著時，我握住切開的魚身，兩手使勁，把牠掰成兩半。

我把魚尾的部分遞給男孩。

吧？」

「不，」他搖著頭說。「我要那一半。」

我說，「哪一半還不都一樣！靠，識相點，我要發火了。」

「我不管，」男孩說。「如果兩半都一樣，那我要那一半。哪一半還不都一樣，對

「是都一樣，」我說。「可我認為我應該拿這一半。魚是我殺的。」

「我就要那一半，」男孩說。「魚是我先看見的。」

「我們用誰的刀？」我說。

「我不要魚尾巴這一半。」男孩說。

我看看四周。路上沒車，也沒其他人在釣魚。一架飛機嗡嗡的飛著，太陽不斷往下落。

我全身發冷，男孩也全身發抖等待著。

「我有個主意，」我說著，打開魚簍讓他看那尾鱒魚。「看到了嗎？綠色的。這是我見過唯一一條綠鱒魚。所以不管誰拿了魚頭部分，那綠鱒魚和魚尾部分就都給另外那個人。這樣公平吧？」

男孩看著那條鱒魚，把牠從魚簍子裡取出來抓在手上。他再仔細研究那切成兩半的魚。

「應該算吧，」他說。「好，就這樣吧。你拿那一半，我這一半的肉比較多。」

「我不在乎，」我說。「我去把牠清洗乾淨。你住哪條路？」我說。

「亞瑟路。」他把綠鱒魚和分到的半條魚塞進髒兮兮的帆布袋裡。「怎樣?」

「亞瑟路在哪?靠近棒球場那裡嗎?」我說。

「是啊,怎樣,問這幹嘛。」男孩露出害怕的神情。

「我家離那兒很近,」我說,「我看我可以坐在手把上,我們兩個輪流踩。我還剩一根菸,我們可以合著抽,只要沒沾濕就行。」

可是男孩只說了一句,「我快凍僵了。」

我在溪水裡清洗我的那半條魚,把魚頭浸到水中撐開牠的嘴巴。溪流從牠大嘴裡灌進去,再從切成一半的魚身末端流出來。

「我快凍僵了。」男孩說。

我看見喬治在街道的另一頭騎著腳踏車。他沒瞧見我。我繞到後門先脫掉靴子,再卸下魚簍,這樣一來,我就能掀開蓋子,大模大樣、笑嘻嘻的走進屋裡去了。

這時,我聽見說話的聲音,於是從窗口張望。他們坐在餐桌旁邊,廚房裡煙霧騰騰。那煙是從爐子上一只平底鍋發出來的,可是沒有人注意到。

「我講的事千真萬確,」他說。「孩子們知道什麼?你等著看吧。」

她說,「我什麼也不必看。要我去想這事,我寧願他們先死了算了。」

他說，「妳是怎麼了？亂說些什麼！」

她開始哭。他用力往菸灰缸裡捻著香菸，站起來。

「愛娜，妳知不知道鍋子燒焦了？」他說。

她看了看鍋子，把椅子朝後一退，抓著鍋柄把鍋子狠甩到水槽的牆壁上。

他說，「妳是瘋了嗎？看看妳在搞什麼啊！」他拿了抹布擦拭鍋子裡甩出來的東西。

我打開後門，咧開嘴。我說，「你們絕對想不到我在樺樹溪抓到了什麼。看一下，在這裡。你們看啊！看看我抓到了什麼。」

我兩腿直發抖，快站不住了。我把魚簍子遞到她面前，她終於看了一眼。「唉呀，我的天哪！這是什麼呀？蛇！什麼呀？拜託，拜託快拿開，我要吐了。」

「快拿開！」他吼，「你沒聽見她說的話嗎？快把牠拿出去！」他吼道。

我說，「可是爸，看一眼吧，看看牠究竟是什麼。」

他說，「我不想看。」

我說，「這是樺樹溪裡最大條的硬頭鱒。你看！牠是不是很厲害？簡直是巨無霸！我像瘋子似的在溪流裡上上下下的追牠！」我的口氣真的像瘋子，但我就是停不下來。「另外還有一條，」我急切的說。「一條綠色的。我發誓！真的是綠色的！你見過綠色的鱒魚嗎？」

他朝魚簍子裡查看，嘴巴張開了。

他尖叫，「快把這鬼東西拿出去！你到底在搞什麼啊？快把牠拿出廚房，丟進垃圾桶去！」

我回到屋外，朝魚簍裡看。在門廊的燈光下，簍子裡的東西泛著銀光，把魚簍塞得滿滿的。

我把牠拎出來，握著牠。我握著那只剩一半的牠。

10　六十英畝

電話是一個小時之前打來的，當時他們正在吃飯。有兩個男人在科威契路的橋下，歸李．維特所有的托本涅盧溪射獵。這已經是今年冬季的第三或第四次了，老鷹約瑟夫提醒李．維特。老鷹約瑟夫是一個老印地安人，住在科威契路外圍、一小塊政府分配的土地上，他有一台從早聽到晚的收音機，和一支防範生病意外的電話。李．維特希望這位老印地安人願意讓他來接管那塊地，也希望老鷹約瑟夫願意幹一些別的事，除了打電話之外。

李．維特在前門廊架起一條腿，剔著牙縫裡的肉屑。他是個瘦小個兒，一張瘦臉，一頭長長的黑髮。要不是這通電話，他今天下午準會跑去睡覺呢。他蹙著眉不慌不忙的套上外套，想著：等他趕到那裡，人家說不定早就走了。一般都是這樣。從托本涅盧或是亞基馬來的獵人開車通過保護區沒問題，只是不准打獵。不過這些人常常會在他這塊十分誘人又無人承租的六十英畝地上流連三兩次，然後，在窮極無聊的時候，停在樹林裡的小路上，穿過深及膝蓋的大麥草和燕麥草，直奔小溪——也許會打幾隻鴨子，也許不會。不管會不會，這些人總是趁著他們還沒趕來清場的這一小段時間裡，獵個盡興。老鷹約瑟夫瘸著腿，待在屋裡目睹這情形太多次了。或者，這只是他想跟李．維特說說話罷了。

他用舌頭清了清牙齒，向著冬日午後黯淡的天光瞇起眼睛。他不是害怕，絕不是，他告訴自己，他只是不想惹麻煩而已。

這一個小小的、在內戰前建造的前門廊，近乎昏暗無光。其中一扇窗的玻璃已經破了好些年，李．維特拿裝甜菜根的麻布袋釘在破洞上。麻袋就掛在櫃子旁邊，顯得粗糙又僵硬，外面的冷風從麻袋周圍鑽進來的時候，會略微動兩下。牆上吊滿了牛軛和馬具，在那扇窗戶正上方的牆面上，是一整排生了鏽的工具。他用舌頭在牙齒上做完最後一次大掃除，把燈泡往插座上旋緊了，然後打開櫃子，從最裡面取出那支舊的雙筒鳥槍，再搆到架子頂上的盒子裡抓一把子彈。黃銅的子彈頭冰冰涼涼的，他拿在手上把玩了一會兒，才放進身上穿的舊外套口袋裡。

「你要裝子彈啦，爸？」兒子班尼站在後面問道。

維特轉身，看見班尼和小傑克站在廚房門口。從這通電話進來開始，他們就一直跟著他——想知道這次他是不是真的要對誰開槍了。這事讓他挺困擾的，小孩子這種說話的口氣，似乎很喜歡這檔事，這會兒他們兩個站在門口，不管冷風直灌屋內，只顧盯著他胳臂底下的那管大槍。

「快進屋裡去。」他說。

了。他記得幾天前查理向他說起上星期天和人打架的事，那天下午有幾個孩子翻過他的圍籬，就在穀倉旁邊射殺了好幾隻鴨子，那些鴨子每天下午都會過來，牠們很「信賴」他，查理說。他說，好像這才是重點。當時他正在擠牛奶，趕緊從穀倉跑出來，一路揮著手臂大聲喊叫，那孩子竟然拿槍對著他。我只想把他的槍奪下來啊，查理說，他用那隻好眼盯著維特，慢吞吞的點著頭。維特在座位上抽動了一下。他可不想惹出那樣的麻煩，他希望那些人，不管是誰，在他到達時都已經走了，就像過去很多次那樣。

往左走經過辛可堡，上白漆的老屋頂高高的矗立在整修過的柵欄上。城堡的大門敞著，李．維特看見門裡面有幾輛車子停著，幾個穿著大外套的人在走動。他從來沒在這兒停下來過。有一回老師帶著所有的學生來這兒——說是郊遊——偏偏那天維特沒去上學。他只是搖下車窗，清清嗓子，對著大門呼嘯而過。

他轉上第二匝道來到老鷹約瑟夫住的地方——燈火通明，連前門廊的燈也亮著。維特繼續往前開，一直開到科威契路口，才下車仔細聆聽。就在他認為他們大概走了，他可以打道回府的時候，卻聽見野地裡傳來一陣悶悶的槍響。他等了一會兒，拿了塊抹布繞著卡車擦拭窗緣的冰雪。他踢掉鞋子上沾的雪花上車，往前開了一小段路，到達看得見橋梁的位置，然後在地上找尋轉進樹林裡的車痕，他知道循著車痕就能找到他們的車子。他在那輛灰色的轎車後面停下來，關了引擎。

維特坐在卡車裡等待，一隻腳前前後後的踩著煞車，耳朵裡不時聽見他們開槍的聲音。過了幾分鐘，實在坐不住了，便下車慢慢的在附近走動。他已經有四五年沒來過這裡了。他靠著圍籬，望著這片土地，想不透時間都跑哪去了，怎麼會過得那麼快。

他記得小時候，自己老想著長大。小時候他常常來這兒，在這邊的小溪設陷阱捉麝鼠，夜裡釣黃鱒。維特四處張望，腳趾頭不斷的在鞋子裡動來動去。那已是好久好久以前的事了。年歲漸長後，他常聽父親說起打算把這塊土地分給三個兒子。可是兩個兄弟都死了。李．維特成了唯一的繼承人。

他記得那幾宗死亡事件。最先是吉米。他記得當時被一陣巨大的敲門聲驚醒——很暗，爐灶裡散發著柴薪的味道，一輛車子停在外面，亮著大燈，引擎還在運轉，車子裡傳出聒噪的說話聲。他父親呼地開了門，一個自稱是副警長、頭戴牛仔帽、佩槍的彪形大漢堵在門口。你兒子吉米在瓦帕多一個舞會場子裡被刺殺了。全家人都坐上卡車走了，只剩下他一個。那下半夜，他就獨自一人窩在爐子前面，痴守著牆上跳騰的陰影。後來，在他十二歲那年，又一個人上門來了，是另外一名警官，只說要他們過去一趟。

他離開卡車，走了一小段路來到空地的邊緣。如今人事全非，一切都變了。他已經三十二歲，班尼和小傑克漸漸長大，還有一個小寶寶。維特搖了搖頭，他捻起手邊的長梗乳仔草，掰了一枝，頭頂有雁鴨拍撲的聲音引得他抬頭望。他在褲子上擦了擦手，視線仍舊追著鴨群，看著牠們整齊畫一的搧著翅膀，在溪流上轉了一圈，很快朝兩邊散開。他先看見三隻鴨子落下來，然後聽見槍聲。他連忙掉頭往卡車走去。

他拿出手槍，仔細的關上車門，鑽進樹林裡。天色幾近昏暗，他咳了一聲，抿緊嘴唇站在那裡。

他們猴急的竄出樹叢，一共有兩個人。然後，亂七八糟的翻過圍籬，一腳高一腳低的踩過雪地。等到接近車子的時候，兩人喘得上氣不接下氣。

「天哪，有卡車！」其中一個說，手裡提著的鴨子掉了下來。

是個男孩的聲音。他穿著厚重的打獵外套，維特隱約看出獵袋裡有幾隻好大的鴨子。

「放輕鬆點，好嗎？」另外一個男孩站在那裡，伸著脖子東張西望。「快！裡面沒人。快上車吧！」

維特不動，盡量沉住氣，說道，「站住。把你們的槍放到地上。」他從樹林裡慢慢的走出來，面對他們，同時舉起槍管瞄準。「把外套脫了，把口袋裡的東西全部掏空。」

「天哪！我的天哪！」其中一個說。

另外那個一聲不吭把外套脫了，把鴨子扯出來，還在那兒東張西望。維特打開他們的車門，一隻手臂往車裡摸索，終於摸到了車頭燈。兩個男孩先用手遮著眼睛，然後轉身背對著強光。

其中一個謹慎的回過身來，他的手仍舊擋在眼睛前面。「你想怎樣？」

「你以為我想怎樣？」維特說。他的聲音輕飄飄的，連自己都覺得陌生。他聽見有些鴨子落到水面，正起勁的跟那些還飛在半空中的鴨子呱個不停。「你想我會怎樣？」他說。「如果抓到有人擅闖你們的私有土地，你們會怎樣？」

「只要他們肯道歉而且表明是第一次，我就會讓他們走。」男孩回答。

「我也會，先生，只要他們肯道歉。」另外一個說。

「是嗎？你們真以為自己做得到嗎？」維特知道他這是在拖時間。

兩人不答腔。他們站在車頭燈的強光裡，再次背轉身。

「我怎麼知道你們之前沒來過？」維特說。「之前我該來沒來的時候？」

「人格保證，先生，之前我們從沒來過。我們只是剛好開車經過，真的。」男孩哽咽。

「真的，都是真的，」另外一個說。「一個人一輩子總有犯錯的時候。」

天黑了，車頭燈的亮光裡飄起毛毛細雨。維特豎起衣領，瞪著兩個男孩。小溪裡一隻公鴨發出刺耳的叫聲，一路呱過來。他朝周圍奇形怪狀的樹林望了望，再回頭看著兩個男孩。

「也許吧。」他開始移動腳步。他知道他隨時會放他們走。實際上他也做不了什麼，盡快讓他們離開這塊土地才是重點。「你們叫什麼名字？你，你叫什麼名字？這是你的車嗎？你叫什麼名字？」

「包比·羅勃茲。」一個男孩答得飛快，一面瞥著另外那個。

「威廉，先生，」另外那個說。「比爾·威廉。」

維特其實很願意諒解他們只是孩子，也理解他們說謊是因為害怕。兩個人背對著他站著，維特看著他們。

「你們撒謊！」話說出口，連他自己也嚇到了。「你們為什麼要騙我？你們踩上我的土地、射殺我的鴨子，還對我撒謊！」他把槍架在車門上穩住槍管。他聽見樹梢頭枝椏摩擦的聲音，想著老鷹約瑟夫坐在點了燈的屋子裡，腳擱在箱子上，聽著收音機。

「好，好，」維特說。「兩個騙子！給我站好，兩個騙子！」他僵硬的走到自己的卡車旁，拿出一個裝甜菜的舊麻袋，將麻袋抖開來，叫他們倆把鴨子全部塞進去。他站著、等著，兩個膝蓋不由自主的開始發抖。

「快啊。走啊！」

兩人走向車子，他向後轉說，「我去倒車上路，你們跟著我。」

「是，先生，」說話的男孩鑽到駕駛座上，又說：「萬一這車發不動怎麼辦？電池很可能凍僵了，一時間很難啟動啊。」

「我不知道，」維特說著，四下看了看。「我來推一下吧。」

男孩關掉大燈，踩住離合器，開了啟動器。引擎慢慢起跑，但是卡卡的，男孩的腳繼續踩著踏板，先催動引擎再重新打亮車頭燈。維特看著那兩張冷白的臉緊盯著他，等待他的訊號。

他把裝鴨子的麻袋甩上卡車，把雙筒獵槍橫過座位放平。他上了車，小心翼翼的把車倒回路上等著。等見到了他們的車子，再尾隨著他們下到第二匝道，他停下車不熄火，眼看著他們的尾燈消失在前往托本涅盧的方向。他把他們趕出這塊土地了，這才是重點。然而，他不明白為什麼會有一種好像出了什麼大事的感覺，一種失落感。

結果，什麼事也沒發生。

起霧了，霧從山谷吹上來。他停車、開大門的時候，往查理住的地方看了一眼，已經看不大清楚了，只有門廊上模糊的一點燈光，維特記得下午好像沒有這燈光。維特把那幾隻鴨子甩過肩膀，走向屋子時，原先趴在穀倉附近的那狗跳了起來，對著鴨子嗅啊嗅的。他慢條斯理的在門廊上把槍收好，幾隻鴨子就擱在櫃子旁邊的地上，他準備等明後天再清理。

「維特？」妮娜喚著。

維特摘下帽子，把燈泡旋鬆，開門之前，他在沉沉的黑暗中駐足了一會兒。

妮娜坐在餐桌邊，小針線盒放在身旁的椅子上。她手裡拿著一塊丹寧布，桌上有兩三件他的襯衫，還有一把剪刀。他倒了杯水，從水槽上的架子挑了幾塊孩子們帶回來的彩色石頭，架子上還有一枚乾掉的松果和夏天留下來幾片風乾的大楓葉。他隨便看了看食物櫃，其實並不餓。他走到門口倚著門框。

很小的一棟屋子，令人無處可去。

後面有一個房間，孩子們全都睡在那裡，再往後一間，是維特和妮娜還有他母親睡的房間，不過有時候，多半是夏天，維特和妮娜常睡在外面。就這麼一丁點的地方，毫無轉圜餘地。他母親仍舊坐在爐子邊，這會兒腿上蓋了一條毛毯，她的小眼睛睜開了，正望著他。

「孩子們要等你回家了才肯睡，」妮娜說。「我跟他們說，你吩咐過要他們先去睡。」

「是啊，沒錯，」他說，「他們應該先去睡。」

「我害怕。」她說。

「害怕？」他裝出驚訝的口氣。「妳也怕嗎，媽媽？」

老婦人不回答。她的手指在毛毯的四周胡亂摸索，這邊扯扯、那邊拉拉的忙著擋風。

「那現在呢，妮娜？今天晚上有沒有覺得好些？」他拉開一張椅子靠著桌邊坐下。

他的妻子點點頭。他不再多說什麼，低下頭，拿大拇指的指甲摳著桌面。

「你抓到人了嗎？」她說。

「兩個小鬼頭，」他說，「我放他們走了。」

他站起來走到爐子的另一邊，朝木柴箱裡吐了口水，手指插在後褲袋裡。爐子後面的木頭剝了一層皮，黑黑的，頭頂的架子上，突著一支刺鮭魚的魚叉，被糾結的褐色漁網裹著。那究竟是什麼？他斜眼瞟著。

「我放了他們，」他說。「也許我太寬容了。」

「你做得對。」妮娜說。

他看著坐在爐子另一邊的母親。她面無表情，只拿黑眼珠盯著他。

「我不知道。」他說。他努力回想，可是不管發生了什麼，都好像是很久以前的事了。

「至少應該嚇嚇他們。」他看著妮娜。「那是我的土地，」他補上一句。「我大可以殺了他們。」

「殺了誰？」他母親說。

「就是在科威契路那塊地上的那些小鬼頭。照老鷹約瑟夫的說法。」

從他站的位置看得見他母親的手指頭在腿上移動，順著毛毯上的圖案不停的描畫。他湊過身子，想要換個話題，卻不知道該說什麼好。

他晃到桌邊再度坐了下來，這才想起他仍穿著大衣外套，於是起身，費了番工夫脫下外套，拋到桌上。他把椅子拉近妻子的膝蓋，有氣無力的抱著胳臂，手指扯著襯衫袖子。

「我在想不如把那塊地租給打獵俱樂部，像現在這樣擱著，對我們毫無好處，是吧？如果我們的房子在那塊地上，或者那塊地就在我們前面，那就另當別論了，是吧？」

靜默中，他只聽見爐子裡木柴爆裂的聲音。他兩手平攤在桌上，感覺得到手臂上脈搏的跳動。「我可以把它租給托本滘盧那邊的獵鴨俱樂部，或者亞基馬也行。隨便哪邊都會很高興租到那塊地，那是候鳥必經之路啊，稱得上是谷地最優的打獵區……要是好好利用一下，情況就會大大不同了。」他拖長了尾音。

她在椅子上挪動身子，說，「如果你覺得這樣做比較好，就照你的意思吧，我不知道。」

「我也不知道。」他說。他的視線跨過地板，投向他的母親，最後仍舊停留在那支魚叉上面。他站起來，搖搖頭。他在小房間走動的時候，老婦人歪著頭，臉頰搭在椅背上，瞇起眼睛追隨他的腳步。他伸出手，把破架子上的魚叉和漁網一併取下來，轉身站到她的椅子後面。他看著面前小小的黑色腦袋，看著那一條褐色羊毛披肩柔順的批在她弓起的肩膀上。他轉動手中的魚叉，解開漁網。

「你會賺到多少？」妮娜說。

他當然不知道，這問題甚至令他感到有些困惑。他拉扯著漁網，把魚叉再度放回架子上。外面，一根樹枝強悍的刮著屋子。

「維特？」

他真的不清楚。他應該去四處打聽一下。麥克．恰克去年秋天以五百元的價碼出租三十英畝地，傑若米．辛巴每年也出租一些土地，可是維特從來沒問過他拿到多少租金。

「大概一千塊吧。」他說。

「一千塊？」她說。

他點點頭，她的訝異令他安心許多。「大概吧，也許更多。我得去問一問。我一定要去問個清楚。」這確實是一大筆錢。他試著推想擁有一千塊錢的感覺。他閉上眼睛用力的想。

「那不會是賣掉，對吧？」妮娜問。「你租給他們的意思，表示那還是你的土地，對吧？」

「對，對，當然還是我的土地！」他走向她，巴在桌子上。「妳沒搞懂其中的差別，是吧，妮娜？他們不能『買下』保護區的土地。妳知道吧？我只是租給他們使用而已。」

「我明白了，」她說。她垂下眼，摳著他的一隻襯衫袖子。「他們還是會還給你？那地還是屬於你的？」

「妳懂了吧？」他扣緊了桌緣。「那只是一張租約！」

「媽媽的看法呢？」妮娜問。「這樣做行嗎？」

他們倆望向老婦人。她眼睛卻閉著，像睡著了似的。

「一千塊，」妮娜說著搖搖頭。

一千塊。也許還更多。他不知道。就算只有一千塊吧！他不知道該怎麼進行這事，讓人家知道他有塊地要出租。今年現在這個時間稍嫌太遲了——不過等春天就可以投石問路了。他把著手臂思考，兩條腿開始抖起來。他靠著牆，慢慢的讓全身的重量順著牆壁往下溜，直到整個人蹲了下來。

「那只是一張租約。」他說。

他盯著地板。地板似乎有些傾斜，似乎有些移動。他閉上眼，兩手護著耳朵，穩住自己。然後他想著想著，便弓起了手掌，讓那轟轟的聲響出現，就像貝殼裡傳來的呼嘯聲。

11 阿拉斯加有什麼好？

傑克三點下班。他離開加油站，開車到他公寓附近的一家鞋店。他把腳擱在腳凳上，讓店員解下他的工作靴。

「要舒服一點的，」傑克說。「平常穿的。」

「有的有的。」店員說。

店員拿出三雙鞋，傑克說他要那雙軟軟的米色鞋，穿在腳上舒服輕便。他付了錢，臂彎裡夾著裝了那雙舊靴子的鞋盒，邊走邊看著腳上的新鞋。開車回家的路上，他覺得自己的腳在踏板上來回移動時輕快極了。

「你買了新鞋，」瑪莉說，「我瞧瞧。」

「妳喜歡嗎？」傑克說。

「這顏色我不喜歡，不過一定很舒服。你確實需要一雙新鞋。」

他再看一次那雙鞋。「我得去洗個澡。」他說。

「我們今天提早吃晚飯，」她說。「海倫和卡爾要我們晚上過去。海倫給卡爾買了一支水煙管當作生日禮物，他們急著想試試。」瑪莉看著他。「你可以嗎？」

「幾點？」

「七點左右。」

「可以。」他說。

她再看一次他的鞋，吸了吸腮幫子。「去洗澡吧。」她說。

傑克放好水，脫下鞋子衣服。他在澡盆裡躺了一會兒，拿刷子刷刷指甲縫裡的油垢，再把手泡進水裡，然後舉到眼前看著。

她打開浴室的門，「我給你拿了瓶啤酒。」她說。蒸氣團團的圈著她，漫進了客廳。

「我一會兒就出來。」他喝了兩口啤酒。

她坐在澡盆邊緣，一隻手擱到他腿胯上。「打完仗回來了。」她說。

「打完仗回來了。」他說。

她的手在他濕濕的體毛上鑽動。接著，她兩手一拍。「嘿，我要告訴你一件大事！我今天去面試了，我想他們會給我一份工作——在費爾班克斯。」

「在阿拉斯加？」他說。

她點頭。「你覺得呢？」

「我一直就想去阿拉斯加。勝算大嗎？」

她又點頭。「他們挺喜歡我的，說下星期會給我消息。」

「太好了。毛巾遞給我好嗎？我洗好了。」

「我這就去擺碗盤。」她說。

他的手指尖和腳趾頭都泡得泛白起皺了。他慢慢的擦乾身子，穿上乾淨的衣服和新鞋，梳過頭髮後再走進廚房。趁她端菜上桌的時候，他又喝了一口啤酒。

「我們應該帶一些零嘴和汽水去，」她說，「待會兒得先跑一趟超商。」

「汽水和零嘴。好主意。」他說。

他們吃完飯，他幫忙清理桌子。然後，兩人開車到超商買了汽水、洋芋片、玉米片和洋蔥口味的小脆餅。在收銀台結帳時，他又加了一大把U-No巧克力棒。

「嘿，好耶。」她看時說道。

他們把車開回家停好，兩個人散步到海倫和卡爾的家。海倫來開門。傑克把食物袋放到餐廳的桌子上。瑪莉一屁股坐進搖椅，鼻子猛嗅個不停。

「我們來晚了，」她說。「人家已經開始了，傑克。」

海倫哈哈大笑。「卡爾回來的時候我們先抽了一支。我們還沒點上水煙管呢，就在等你們來。」她站在屋子中央，笑開懷的看著他們倆。「我來看看袋子裡有什麼，」她說。「哇！我現在就要來吃一片玉米片。你們要不要來一片？」

「我們剛吃過晚飯，」傑克說，「待會兒再吃。」放水的聲音停了，傑克聽見卡爾在浴室裡吹口哨。

「我們有寶吉冰棒和M&M's巧克力，」海倫說。她站在餐桌邊掏著洋芋片的袋子。「等卡爾沖完澡，他就會來裝水煙管。」她打開那包小脆餅，塞一片進嘴裡。「這個真好吃耶。」她說。

「我不知道愛蜜莉會怎麼說妳哪。」瑪莉說。

海倫哈哈大笑，一個勁的搖著頭。

卡爾從浴室走出來。「嗨，各位。嗨，傑克。什麼事那麼好笑？」他咧著嘴說。「我聽見你們笑得好樂。」

「我們在笑海倫。」瑪莉說。

「是海倫在笑。」傑克說。

「她最愛搞笑了，」卡爾說。「這麼多零嘴！嘿，你們要不要先來一杯汽水？我來準備水煙管。」

「我要一杯，」瑪莉說，「你呢，傑克？」

「我也要。」傑克說。

「傑克今晚有些不爽。」瑪莉說。

「妳怎麼這麼說呢？」傑克看著她。「我這下還真不爽了。」

「逗你的啦，」瑪莉說。她走過來挨著他坐在沙發上。「我只是逗逗你的，寶貝。」

「嘿，傑克，別不爽啦，」卡爾說，「給你看看我的生日禮物。海倫，開一瓶汽水，我來準備水煙管。我渴死了。」

海倫把洋芋片、玉米片和小脆餅統統搬到咖啡桌上，再拿出一瓶汽水外加四個杯子。

「簡直像要開『轟趴』了嘛。」瑪莉說。

「要不是我已經餓了一整天，這樣下去一個禮拜非增加十磅不可。」海倫說。

「我完全了解。」瑪莉說。

卡爾拿著水煙管走出臥室。「怎麼樣，屌吧？」他對傑克說道。他把水煙管放在咖啡桌上。

「確實很屌。」傑克說著，拿起來細細的看著。

「這叫作煙筒，」海倫說，「賣這個的人說的。小小的一支，可是很管用。」她大笑著。

「妳在哪買的？」瑪莉說。

「什麼？就在第四街那個小鋪子，妳知道的。」海倫說。

「喔，我知道，」瑪莉說。「哪天我得進去看看。」瑪莉交疊著兩手，望著卡爾。

「怎麼個用法？」傑克說。

「你把菸絲放在這裡，」卡爾說，「點著它，然後從這兒吸，煙氣經由水過濾，味道特別好，過癮得很。」

「聖誕節的時候我給傑克買一支。」瑪莉說。她看著傑克，笑嘻嘻的碰了碰他的胳臂。

「我想來一管。」傑克說。他伸長了腿在燈光下看著自己的新鞋。

「來，試試，」卡爾呼出一道細細的煙氣，把管子傳給傑克。「看習不習慣。」

傑克吸了一口，守住煙氣，再把管子傳給海倫。

「瑪莉先來，」海倫說。「我跟在瑪莉後頭。你們男生要加把勁啊。」

「我當仁不讓。」瑪莉說著就把煙管送進嘴裡，迅速的吸了兩次。傑克看著她呼出來的泡泡。

「真的很過癮。」瑪莉邊說邊把煙管傳給海倫。

「我們昨晚就試過了。」海倫說，這會兒她笑得更大聲了。

「她今天早上跟孩子們一起起床的時候還在恍神呢。」卡爾說，他也在笑，一邊望著海倫對著煙管吞吐。

「孩子們都好嗎？」瑪莉問。

「都好，」卡爾說著，煙管又進了嘴裡。傑克一面吸著汽水，一面盯著煙管裡的水泡。這讓他想起潛水夫頭罩冒出來的泡泡。他幻想著湖水和美麗的魚群。

卡爾把煙管傳遞下去。

傑克站起來伸個懶腰。

「你要去哪，寶貝？」瑪莉問。

「哪也不去，」傑克說著坐下來，甩甩頭咧著嘴笑。「真是的。」

海倫哈哈大笑。

「什麼事那麼好笑啊？」傑克過了半晌才問。

「天哪，我不知道啊。」海倫說。她擦擦眼睛又開始大笑，瑪莉和卡爾也跟著大笑。

過了一會兒，卡爾旋開水煙管的頂蓋，對著其中一支管子吹氣。「有時候它會堵住。」

「妳剛說我不爽是什麼意思？」傑克對著瑪莉說。

「什麼？」瑪莉說。

傑克眨著眼盯著她。「妳說什麼我有些不爽之類的。妳怎麼會說這種話呢？」

「我不記得了，不過你鬧脾氣的時候我看得出來。」她說。「拜託別說那些掃興的事了，好嗎？」

「好，」傑克說。「我只是不知道妳為什麼說我在鬧脾氣，實際上並沒有，可被妳這麼一說反倒有了。」

「鞋子只要合腳就好。」瑪莉說完靠在沙發扶手上，笑到眼淚都迸了出來。

「在說什麼啊？」卡爾看看傑克再看看瑪莉，說：「我漏聽了這段。」

「我應該做一些蘸醬的。」海倫說。

「不是還有一瓶汽水嗎？」卡爾說。

「我們總共買了兩瓶。」傑克說。

「兩瓶都喝完了？」卡爾說。

「我們有喝過嗎？」海倫笑個不停。「不對，我只開了一瓶。我認為我只開了一瓶，我不記得開過兩瓶。」海倫繼續大笑。

傑克把煙管傳給瑪莉。她抓住他的手，把煙管引進她的嘴裡。他看著那煙氣在她唇上久久不散。

「再來點汽水如何？」卡爾說。

瑪莉和海倫拚命的笑。

「什麼如何？」瑪莉說。

「唔，我們每個人應該再喝一杯。」卡爾說。他看著瑪莉，咧嘴笑。

瑪莉和海倫還在笑。

「什麼好笑的？」卡爾說。他看看海倫再看看瑪莉，搖了搖頭。「我真是服了妳們了。」他說。

「我們應該會去阿拉斯加。」傑克說。

「阿拉斯加？」卡爾說。「阿拉斯加有什麼？你們去那兒幹什麼？」

「我希望我們能換個地方。」海倫說。

「這兒怎麼啦？」卡爾說。「你們跑到阿拉斯加幹嘛呢？我是說真的，我很想知道。」

傑克往嘴裡塞了塊洋芋片，再喝一口汽水。「我不知道。你說呢？」

過了一會兒，卡爾說，「阿拉斯加有什麼搞頭？」

「我不知道，」傑克說，「問瑪莉吧，瑪莉知道。瑪莉，我去那裡做什麼呢？也許可以去種妳書上看到的那些超大包心菜。」

「或者南瓜，」海倫說，「種大南瓜。」

「你們可以大賺一票，」卡爾說，「萬聖節的時候把南瓜海運過來，我替你們批發。」

「卡爾做你們的批發商。」海倫說。

「沒錯，」卡爾說。「我們會大賺一票。」

「發大財。」瑪莉說。

卡爾忽然起身，說：「現在知道這個要配什麼才好。就是汽水啊！」

瑪莉和海倫繼續大笑。

「笑吧，繼續笑吧！」卡爾咧著嘴說。「誰還要？」

「還要什麼？」瑪莉說。

「汽水啊。」卡爾說。

「你站起來的樣子好像準備要演講了。」瑪莉說。

「我沒想到這個，」卡爾說。他搖搖頭笑兩聲，坐了下來。「這事很好耶。」

「應該多多益善。」海倫說。

「什麼多多益善？」瑪莉說。

「錢哪。」卡爾說。

「一毛都沒有。」傑克說。

「袋子裡是不是有U-No巧克力棒啊？」海倫說。

「我買了一些，」傑克說，「最後一分鐘瞄到的。」

「U-No巧克力棒好吃啊。」卡爾說。

「香濃可口，」瑪莉說。「入口即化。」

「我們還有M&M's巧克力和寶吉冰棒，任君選擇。」卡爾說。

瑪莉說，「我要一支寶吉冰棒。你是不是要去廚房？」

「是啊，我要去拿汽水，」卡爾說，「剛剛才想到的。你們幾個要不要也來一杯？」

「拿過來再做決定吧，」海倫說，「M&M's也要。」

「乾脆把廚房搬過來更方便些。」卡爾說。

「我們住在城裡那時候，」瑪莉說，「聽人家說，只要在早上看一眼廚房，就知道誰在前一晚熱鬧過了。那時候我們的廚房很小。」她說。

「我們的廚房也很小。」傑克說。

「我去看看還有什麼新發現。」卡爾說。

「我跟你一起去。」瑪莉說。

傑克看著他們走向廚房。他靠著沙發靠墊，看著他們，身子慢慢的往前傾，瞇起了眼睛。他看見卡爾伸手搆著食物櫃的架子，然後瑪莉從後面貼近卡爾，兩條手臂環住了他的腰。

「你們是認真的嗎？」海倫說。

「非常認真。」傑克說。

「我說的是阿拉斯加。」海倫說。

他注視著她。

「我還以為你意有所指呢。」海倫說。

卡爾和瑪莉回來了。卡爾拿著一大袋M&M's巧克力和一瓶汽水。瑪莉吮著一支橘子寶吉冰棒。

「有人要吃三明治嗎？」海倫說。「我們有現成的三明治餡料。」

「好好笑哦，」瑪莉說，「先來甜點，再上主菜。」

「確實好好笑。」傑克說。

「你是在諷刺人吧，寶貝？」瑪莉說。

「誰要喝汽水？」卡爾說。「上汽水囉。」

傑克舉起杯子，卡爾把汽水倒滿。然後傑克把杯子擱在咖啡桌上，但在他要再拿的時候卻撞翻了，汽水全灑在他的鞋子上。

「真是的，」傑克說，「搞什麼東西嘛？全灑在我的鞋子上了。」

「海倫，有毛巾嗎？快拿條毛巾給傑克。」卡爾說。

「這是新鞋耶。」瑪莉說。「他才剛買的。」

「看起來挺舒服的。」海倫遞上毛巾，過了一會兒才說。

「我也跟他這麼說。」瑪莉說。

傑克脫了鞋，拿毛巾擦著皮面。

「沒救了，」他說，「這汽水絕對擦不掉了。」

瑪莉、卡爾、海倫三個人一起哈哈大笑。

「這讓我想起在報紙上看到的一件事，」海倫說，她用一根手指搭著鼻尖，瞇起眼睛。

「可一下子又忘了。」她說。

傑克穿回鞋子。他把兩隻腳伸到燈光底下，仔細的比較著。

「妳看到了什麼？」卡爾說。

「什麼？」海倫說。

「妳剛才說在報紙上看到一件事。」卡爾說。

海倫大笑。「我只是想到阿拉斯加。我記得他們在一大塊冰裡面發現了一個原始人，好像有這麼回事。」

「那不是在阿拉斯加。」卡爾說。

「也許不是，不過就是讓我想到了這件事。」海倫說。

「唉，這阿拉斯加究竟怎麼回事啊，你們兩個？」卡爾說。

「阿拉斯加什麼事也沒有啊。」傑克說。

「他就是不爽。」瑪莉說。

「你們去阿拉斯加究竟要做什麼？」卡爾說。

「去阿拉斯加什麼事也沒得做，」傑克說。他把兩隻腳縮到咖啡桌底下，再伸出來擺在燈光下，又說：「有誰想要一雙新鞋啊？」

「什麼聲音？」海倫說。

幾個人仔細聽，好像有什麼東西在抓門。

「好像是辛蒂，」卡爾說，「我讓牠進來算了。」

「既然你要起身了，就幫我拿一支冰棒吧。」海倫仰著頭邊說邊笑。

「我也要一支，寶貝。」瑪莉說，「我在說什麼呀？我指的是卡爾，」瑪莉說。「對不起，我還以為是在跟傑克說話呢。」

「輪到上冰棒了，」卡爾說。「你要不要來一支，傑克？」

「什麼？」

「你要不要來一支橘子冰棒？」

「好，就來一支橘子冰棒。」傑克說。

「四支橘子冰棒馬上到。」卡爾說。

不一會兒，他拿了冰棒回來，遞給每個人一人一支。才剛坐下，又聽見抓門的聲音。

「我就知道我忘了什麼。」卡爾說著，起身把大門打開。

「我的天哪，」他說，「可不得了了。辛蒂今晚八成去吃大餐了。喂，你們快瞧瞧。」

貓咪叼了隻老鼠進入客廳，停下來看了他們一眼，就往走廊走去。

「你們有看見我剛才看到的東西了嗎？」瑪莉說。「才說不爽，不爽真的來了。」

卡爾開了走廊上的燈。貓咪叼著老鼠穿出走廊鑽進浴室。

「牠在吃那隻老鼠。」卡爾說。

「我可不要她在我浴室裡吃老鼠，」海倫說，「快把牠趕出來。浴室裡有好多孩子們的東西。」

「牠不會出來的。」卡爾說。

「那老鼠呢？」瑪莉說。

「管他的，」卡爾說。「要是我們去阿拉斯加，那辛蒂就得學會抓老鼠。」

「阿拉斯加？」海倫說，「關阿拉斯加什麼事啊？」

「別問我，」卡爾說。他站在浴室門口看著貓咪。「瑪莉和傑克說他們要去阿拉斯加。辛蒂當然要學會抓老鼠。」

瑪莉兩手托著下巴，瞪著走廊。

「牠在吃老鼠。」卡爾說。

海倫吃完最後一塊洋芋片。「我都跟他說過了，我不要辛蒂在浴室裡吃老鼠。卡爾？」海倫說。

「什麼？」

「把牠趕出浴室，我說了。」海倫說。

「煩耶！」卡爾說。

「快看，」瑪莉說，「噁呀，這隻死貓跑到這裡了啦。」瑪莉說。

「牠在幹嘛？」傑克說。

貓咪把老鼠拖到咖啡桌底下，然後趴到桌下舔著老鼠。牠拿腳爪捧著老鼠，慢慢的舔，從頭舔到尾。

「貓咪好興奮哦。」卡爾說。

「嚇死人了。」瑪莉說。

「這只是天性。」卡爾說。

「看牠的眼睛，」瑪莉說。「看牠望著我們的那副表情，牠真的好興奮，沒錯。」

卡爾走過來坐到瑪莉身旁。瑪莉往傑克那邊擠了擠，挪出一個空位給卡爾，她把手搭在傑克的膝蓋上。

幾個人就看著貓咪吃老鼠。

「你們不餵這貓的嗎？」瑪莉對海倫說。

海倫大笑。

「你們要不要再抽一管煙？」卡爾說。

「我們該走了。」傑克說。

「急什麼？」卡爾說。

「再坐一會兒，」海倫說，「別急著走嘛。」

傑克看著瑪莉，瑪莉在看卡爾。卡爾直盯著他腳邊地毯上的什麼東西。

海倫扒著手裡的M&M's巧克力。

「我最喜歡綠色的。」海倫說。

「我明天一早要上班。」傑克說。

「看他那副不爽的樣子，」瑪莉說，「想見識一個專門掃興的人嗎，各位？這裡就有一個標準的。」

「妳要不要走？」傑克說。

「有沒有誰想喝一杯牛奶？」卡爾說。「我們有些牛奶。」

「我已經被汽水灌飽了。」瑪莉說。

「汽水全喝光了。」卡爾說。

海倫大笑。她閉閉眼再睜開眼，又哈哈大笑。

「我們真的要回去了，」傑克說。過一會兒，他站起來說，「我們有沒有穿外套來？我記得好像沒有。」

「什麼？我不記得我們有帶外套。」瑪莉說。她繼續坐著不動。

「我們走吧。」傑克說。

「他們真的要走了。」海倫說。

傑克兩手伸到瑪莉的胳肢窩下面把她托起來。

「再見啦，兩位，」瑪莉回摟著傑克，又說，「我吃得太飽了，都動不了了。」

海倫又笑了。

「海倫看什麼都好笑，」卡爾咧著嘴說。「妳笑什麼啊，海倫？」

「我不知道，大概是瑪莉說的話吧。」海倫說。

「我說了什麼？」瑪莉說。

「我記不得了。」海倫說。

「我們得走了。」傑克說。

「再會，」卡爾說，「放輕鬆點。」

瑪莉勉強笑著。

「走吧。」傑克說。

「晚安啦，各位。」卡爾說。「晚安，傑克。」傑克聽見卡爾這句話說得很慢很慢。

到了外面，瑪莉挽著傑克，頭低低的走著。兩個人在人行道上慢慢的挪動腳步。他聽著她的鞋底著地的聲音，聽見斷斷續續刺耳的狗吠聲和遠方車流沉沉的呼嘯聲。

她抬起頭。「待會兒到家，傑克，我要你搞我，跟我說話，逗我開心。挑逗我，傑克。今天晚上我要你好好的挑逗我。」她挽他挽得更緊。

他可以感覺到那隻鞋子還潮濕著。他打開門鎖拍亮了燈。

「上床吧。」她說。

「我在這。」他說。

他去廚房喝了兩杯水，把客廳的燈關掉，沿著牆摸黑走進臥室。

「傑克！」她大叫。「傑克！」

「我在這！」他說。「我在開燈。」

他開了檯燈，她就坐在床上，眼睛發亮。他調好鬧鐘，動手脫掉衣服，兩個膝蓋在發抖。

「還有沒有可以抽的東西？」她說。

「什麼也沒了。」他說。

「那給我倒杯喝的，我們總有可以喝的東西吧。可別跟我說連一點喝的東西也沒有。」她說。

「只有啤酒。」

兩個人對看著。

「我要一罐。」她說。

「妳真的要？」

她咬著嘴唇，慢慢的點了點頭。

他去拿了啤酒來。她坐在那裡，腿上壓著他的枕頭。他把啤酒遞給她再爬上床，拉起被單。

「我忘記吃藥丸了。」她說。

「什麼？」

「我把避孕藥忘記了。」

他下床幫她取了藥丸。她睜開眼，他把藥丸放在她伸出來的舌頭上，讓她和著啤酒吞下藥丸，他再爬回床上。

「把這拿走吧。我的眼睛都快張不開了。」她說。

他把啤酒罐擱到地上，朝自己睡的一邊側躺著，盯著黑暗的走道。她的手臂搭上他的肋骨，手指在他胸口爬梳。

「阿拉斯加有什麼呢？」她說。

他翻個身，小心的挪開位置。只一會兒工夫，她便打鼾了。

就在他準備關燈的時候，好像看到走廊上有什麼動靜。他繼續的看，好像又看到了，是一對小眼睛。他的心跳加快，眨眨眼繼續的看，然後屈下身子想找一樣可以扔擲的東西。他撿起一隻皮鞋，坐直了身子，兩手握著那隻鞋，耳朵聽著她的鼾聲。他咬緊了牙關，等待著，等待那東西再出現一點動靜，哪怕是最細微的一點動靜。

12 夜校

我的婚姻剛剛結束。我找不到工作，又交了女朋友，可是她出遠門了，所以我上酒吧喝啤酒。隔了幾張凳子，有兩個女人坐著，其中一個跟我搭訕。

「你有車嗎？」

「有，可是不在這裡。」我說。

車子歸我老婆了。我現在住我爸媽家裡，有時候開他們的車。但今天晚上我是用走的。

另外那個女的看著我。兩個都在四十上下，可能更老。

「妳問他什麼？」另外那個女的對第一個女人說。

「我問他有沒有車。」

「那你有沒有車？」第二個女人問我。

「我剛才跟她說了，我有車，可是現在不在我這裡。」我說。

「那對我們完全沒好處了嘛，對吧？」她說。

第一個女人呵呵的笑。「我們臨時起意，需要有輛車子才能完成。運氣真是太背了。」

她轉向酒保，又叫了兩杯啤酒。

我這杯啤酒也撐了老半天了，這會兒我乾脆把它乾掉，心想這一輪她們可能會請我。結果並沒有。

「你是做什麼的？」第一個女人問我。

「現在嘛，什麼也沒做，」我說。「有時候，情況好的時候，我會去學校。」

「他去學校，」她對另外那個說。「他是學生耶。你去哪所學校？」

「就在附近。」我說。

「我早說了，」那女的說，「他不就像個學生嗎？」

「他們都教你些什麼呀？」第二個女人說。

「什麼都教。」我說。

「我是說，」她說，「你打算做什麼？你的人生規劃是什麼？每個人都有自己的人生規劃。」

我向酒保舉了舉空杯。他接過去為我再倒一杯。我數了數零錢，這兩三個小時下來，我的兩塊錢就只剩下三十分了。她還在等答案。

「教書。」我說。

「他想當老師。」她說。

我喝了一小口啤酒。有人投了枚硬幣，點唱機裡開始播送一首我太太很喜歡的歌。我四處看了看，前面有兩個男人在玩推盤球。店門敞著，外面很黑。

「我們也是學生喲，」第一個女人說。「我們也上學。」

「我們讀夜校，」另外那個說，「我們上的是每星期一晚上的閱讀班。」

第一個女人說，「老師啊，你為什麼不坐過來一點呢，省得我們說話用吼的？」

我端起啤酒和香菸挪近兩個位子。

「這樣好多了，」她說。「哪，你剛才說你是學生？」

「算是吧，不過現在不是。」我說。

「哪裡的？」

「州立學院。」

「沒錯，」她說。「我想起來了。」她看著另外那個女的。「妳聽說過那裡有個叫派特森的老師嗎？他專教成人教育課程。我們星期一晚上的課就是他教的。你讓我想起一堆派特森的事情。」

兩個女人相視大笑。

「別管我們，」第一個女人說。「純屬私人笑話。可不可以把我們原來的想法告訴他，愛蒂？可以嗎？」

愛蒂不答腔。她喝一口啤酒，看著吧台後面的鏡子，看著鏡子裡的自己，看著我們三個，她眯起眼睛。

「我們剛剛在想，」第一個女人繼續往下說，「今晚要是有車我們就去看他，看派特森。是吧，愛蒂？」

愛蒂自顧自的笑著。她乾了那杯啤酒，又再叫一杯，包括我的份在內。她拿一張五元紙鈔結了帳。

「派特森喜歡喝一杯。」愛蒂說。

「完全正確，」另外那個說著轉向我。「有一晚我們在課堂上談起。派特森說他三餐都要喝酒，晚餐前還會先來一兩杯威士忌加蘇打。」

「這是什麼課程？」我說。

「這是派特森教的閱讀班。派特森上課喜歡天馬行空，什麼都談。」

「我們上的是如何閱讀，」愛蒂說，「你信嗎？」

「我喜歡讀海明威那一類的東西，」另外那個說，「派特森叫我們讀《讀者文摘》裡的故事。」

「我們每個星期一晚上都有測驗，」愛蒂說，「派特森還不錯啦。他也不在乎我們為了喝威士忌蘇打而曠課，事實上他也管不了。我們有事找他，找派特森。」她說。

「今晚我們閒著沒事，」另外那個說，「可惜愛蒂的車進了修車廠。」

「假如你現在有車，我們就可以去看他了，」愛蒂說。她注視著我。「你可以跟派特森說想當老師的事，你們兩個很有共同點。」

我把啤酒喝了。這一整天我除了幾粒花生米什麼也沒吃，實在很難繼續跟人聊天，聽人說話。

「再來三杯，拜託啦，傑瑞。」第一個女人對酒保說。

「謝謝。」我說。

「你跟派特森合得來的。」愛蒂說。

「那就打給他吧。」我想不過就是聊天嘛。

「我才不呢，」她說。「他會找藉口推託。我們直接上門，他就非讓我們進去不可了。」她啜著啤酒。

「那就走吧！」第一個女人說。「還等什麼？你說的那輛車在哪？」

「離這裡幾條街，」我說。「可是我不確定耶。」

「你到底是去還是不去？」愛蒂說。

「他說了要去，」第一個女人說，「我們順便帶半打啤酒過去。」

「我只有三毛錢。」我說。

「誰要你出什麼屁錢啊？」愛蒂說。「我們只是要你的車。傑瑞，再來三杯。另外半打外帶。」

「敬派特森。」啤酒來了，第一個女人說。「敬派特森和他的威士忌蘇打。」

「叫他喝到掛。」愛蒂說。

「乾了。」第一個女人說。

我們在人行道上往南走，離開市中心。我走在這兩個女人的中間。時間大約十點。

「我現在就想喝一罐啤酒。」我說。

「自己拿吧。」愛蒂說。

她打開袋子，我拉開包裝抽出一罐啤酒。

「他應該在家。」愛蒂說。

「派特森，」另外那個說，「我們並不確定他在不在家，不過我們認為應該在。」

「還有多遠啊？」愛蒂說。

我停下來，舉起那罐啤酒，一口就喝掉半罐。「下一條街，」我說。「我跟我父母住。那是他們的家。」

「我覺得那沒什麼不對。」愛蒂說。「只是你好像過了這個年紀。」

「很不禮貌哦，愛蒂。」另外那個說。

「我就是這樣，實話實說，」愛蒂說。「他習慣就行了。我就是這樣。」

「她就是這樣。」另外那個說。

我喝完啤酒，把罐子扔進雜草堆裡。

「還有多遠啊？」愛蒂說。

「到了。就這裡。我去想辦法拿車鑰匙。」我說。

「快點。」愛蒂說。

「我們在外面等。」另外那個說。

「真是的！」愛蒂說。

我開了門下樓。我父親穿著睡衣在看電視。公寓裡很暖和，我靠著門框站了一會兒，一手摀著眼睛。

「我喝了幾杯啤酒，」我說。「你在看什麼？」

「約翰．韋恩，」他說，「很不錯。坐下來看吧。你媽媽還沒回來。」

我母親在保羅的啤酒屋上中夜班。我父親沒工作。他本來在林地工作，後來因公受傷，拿到一筆撫恤金，現在已經花掉了一大半。我太太剛離開我的那時候，我曾經央求他借我兩百塊錢，他拒絕了。他說不的時候眼中含淚，他說他希望我不要因此而記恨他。我說不會，我不會記恨他。

我知道這次他也會說不。不過我還是坐下來，坐在沙發的另一邊說，「我碰到兩個女的，她們要我開車送她們回家。」

「那你怎麼跟她們說？」他說。

「她們就在樓上等我。」我說。

「讓她們等吧，」他說，「有人會來陪她們的，你何必在那裡瞎攪和。」他搖頭。「你不會真帶她們來我們住的地方吧？她們不會真的就在樓上吧？」他在沙發上挪挪身子，再繼續看他的電視。「反正，鑰匙你媽媽都帶走了。」他慢吞吞的點了點頭，眼睛仍舊盯著電視。

「沒關係，」我說。「我不需要用車。我哪也不去。」

我站起來檢查一下走廊，我睡在走廊的一張帆布床上。床旁邊的桌几上擱著一個菸灰缸，一個鬧鐘，和幾本舊小說。我通常半夜上床看小說，一直看到書上的字都模糊重疊了才睡；睡著時，常常燈還一直開著，小說也還拿在手裡。有一本小說裡面有些情節，我記得跟我太太提起過，印象很深刻。故事說有個男人做了個惡夢，在惡夢中夢見自己從夢中醒來，看見一個男人站在他臥室的窗口。那做夢人嚇到動彈不得，幾乎無法呼吸。這時月亮破雲而出，惡夢中的做夢人認出了站在窗外的男人，原來是他最要好的朋友，是這個夢中人最要好的朋友，但是做惡夢的人完全不認識這個人。

我把故事講給我太太聽。在講的當時我覺得血正往上衝，頭皮發麻，她卻毫無興致。

「那只是編寫出來的，」她說，「除非你被自己家裡的人背叛，那才是真正的惡夢。」

我聽得見她們在敲外面的門，還聽得見窗戶外人行道上的腳步聲。

「這該死的渾蛋。」我聽見愛蒂說。

我進浴室待了半晌，然後上樓走出屋外。寒意更重了，我拉起夾克的拉鍊，開步往保羅的餐館走。如果能趕在媽媽下班前到達那兒，我還可以吃上一個火雞肉三明治，之後也可以走去寇比的報攤翻翻雜誌，然後就回家上床看小說，看到睡著為止。

那兩個女人，我離開家的時候她們已經不在了，我回來的時候她們更不會在。

13 腳踏車，肌肉，香菸

伊凡．漢米頓戒菸兩天了，感覺上，這兩天他說的和想的都離不開香菸。他湊著廚房的燈光看著自己的手，聞著指節和手指頭。

「我聞得出菸味。」他說。

「我知道。那就像排汗似的，」安．漢米頓說，「我戒了三天之後還是聞得出來，甚至剛洗完澡也是。真的很討厭。」她把晚餐擺上餐桌。「我很替你難過，親愛的，我能體會你的感受。說句安慰的話，第二天確實最難熬。當然，第三天也不好過，不過再往後，只要你把持得住，一定過得了關。說實在的，我真的很高興你肯認真的戒菸。」她摸摸他的手臂。「好了，去把羅傑叫回來，我們開飯了。」

漢米頓打開前門。天已經黑了。十一月初，白天變短也變涼。車道上有個他從來沒見過的大男孩，騎在一輛小小的、裝備齊全的腳踏車上。男孩的身子向前傾，翹著屁股，腳尖點地的站著。

「你是漢米頓先生嗎？」男孩說。

「是的，我就是，」漢米頓說。「怎麼了？羅傑怎麼了？」

「羅傑還在我家跟我媽說話。基普也在，還有一個叫蓋瑞・保曼的。好像是在談我弟弟的腳踏車。我不太清楚，」男孩轉著車把，「是我媽叫我過來找你們。隨便哪個都行，只要是羅傑的父母。」

「那他沒事囉？」漢米頓說。「好，當然，我馬上跟你去。」

他走進屋子穿上鞋。

「你找著他了嗎？」安・漢米頓說。

「他出了點麻煩，」漢米頓回答。「為了一輛腳踏車。有個男孩子——我沒問清楚他的名字——現在在外面。他要我們其中一個人跟他回家一趟。」

「他沒事吧？」安・漢米頓說著摘下身上的圍裙。

「當然，他沒事。」漢米頓看著她搖了搖頭。「大概只是小孩子吵架，那孩子的母親也插手進來了。」

「要不要我去？」安・漢米頓問。

他想了一會。「嗯，我也寧願妳去，不過還是我去吧。等我們回來再一起吃飯，不會太久的。」

「我就不喜歡天黑了他還跑出去，」安・漢米頓說。「我就不喜歡這樣。」

§

男孩騎在腳踏車上，這會兒正在試手煞車。

「多遠？」兩人走上人行道，漢米頓說。

「就在阿爾巴克網球場那裡，」男孩回答，見漢米頓在看他，男孩又補了一句，「不遠。過兩條街就到了。」

「大概是什麼麻煩？」漢米頓問。

「我不太清楚。我對整件事不是很了解。好像是他和基普還有那個蓋瑞・保曼，在我們度假的時候用了我弟弟的腳踏車，我看他們是把車搞壞了。故意的。我不知道啦。反正，他們就在談這件事。我弟弟找不到腳踏車，最後是他們在用，基普和羅傑他們。我媽想要查出現在車子到底在哪裡。」

「我認識基普，」漢米頓說。「另外那個孩子是誰？」

「蓋瑞・保曼。大概是附近新搬來的。他爸一到家就會趕過來。」

他們轉了個彎。男孩加快腳步，稍微超前一些。漢米頓看見一個果園，他們又轉個彎走上一條死巷子。他不知道居然還有這條街的存在，當然更不可能認識住在這裡的人了。他環顧周遭這些不熟悉的房子，不由得對於兒子的生活範圍大感驚訝。

男孩轉進一條車道，下了腳踏車，把它朝屋子一靠。男孩開了前門，漢米頓隨著他穿過客廳進入廚房，他看見兒子和基普．賀利斯特還有另外那個孩子，三人一起坐在餐桌的同一邊。漢米頓盯著羅傑看了一眼，再轉向坐在首位那個矮胖的黑髮婦人。

「你是羅傑的父親？」婦人對他說。

「是的，我叫伊凡．漢米頓。妳好。」

「我是密勒太太，吉伯特的母親，」她說。「很抱歉要你來，因為出了一些問題。」

漢米頓選在餐桌另一邊的椅子坐下，看看四周。有個九歲、也可能十歲的男孩坐在婦人的身邊，遺失腳踏車的應該就是這孩子，漢米頓猜想。還有一個男孩，十四、五歲左右，坐在水槽台上，晃著兩條腿，看著另外一個在講電話的男孩。電話那頭不知說了些什麼，那孩子不斷的偷笑，一面拿著菸伸向水槽。漢米頓聽見菸蒂在水杯裡熄滅的聲音。帶他過來的那男孩靠在冰箱上，抱著胳臂。

「你有去找基普的爸媽嗎？」婦人對那男孩說。

「他妹說他們上街採購去了。我去了蓋瑞．保曼家裡，他父親一會兒就過來。我有留下住址。」

「漢米頓先生，」婦人說。「我來告訴你怎麼回事。我們上個月去度假，基普要跟吉伯特借腳踏車，好讓羅傑幫忙他一起送報。我猜想大概羅傑的腳踏車有個輪子爆胎之類的。結果呢——」

「爸，蓋瑞掐我脖子。」羅傑說。

「什麼？」漢米頓說著仔細的看著兒子。

「他掐我脖子，我這兒有印子。」他兒子拉下T恤的領口露出他的脖子。

「他們在外面車庫裡，」婦人繼續的說。「我不知道他們在幹什麼，是寇特，我的大兒子，出去才看到的。」

「他先開始的！」蓋瑞．保曼對漢米頓說。「他罵我笨蛋。」蓋瑞．保曼兩眼盯著前門。

「哎，跟你們說，我的腳踏車大約值六十塊錢，」那個叫吉伯特的男孩開腔了。「你們就賠我這些錢吧。」

「少囉唆，這兒沒你的事，吉伯特。」婦人衝著他說。

漢米頓用力吸了口氣。「然後呢？」他說。

「然後，基普和羅傑借了吉伯特的腳踏車去幫忙基普送報紙，後來他們兩個，還有蓋瑞也有份，他們說，三個人輪流的翻滾它。」

「妳說『翻滾它』是什麼意思？」漢米頓說。

「翻滾它，」婦人說。「把它用力往街上推，讓車子自動倒下來。然後，你仔細聽著啊——這是幾分鐘前他們才剛剛承認的——基普和羅傑把腳踏車帶去學校，朝球門柱子上猛砸。」

「是真的嗎，羅傑？」漢米頓說，再次盯著自己兒子。

「一部分啦，爸，」羅傑說，他垂下眼，拿手指在桌上搓。「可是我們只翻滾了一次。基普先，然後蓋瑞，然後我。」

「一次就不得了了，」漢米頓說。「一次就等於很多次了，羅傑。你太令我驚訝，太令我失望了。還有你，基普。」漢米頓說。

「問題是，」婦人說，「今天晚上有人還在撒謊，不肯把實情完全說出來，因為事實上這輛腳踏車到現在還沒找著。」

廚房裡的兩個大男孩大聲笑著，一面逗著那個講電話的男孩。

「我們不知道腳踏車在哪裡，密勒太太，」叫基普的男孩說。「我們已經告訴過妳了。最後一次看到它，是我和羅傑把它從學校牽出來帶去我家。我的意思是，那是最後一次的前一次。真正最後一次是第二天早上我把它牽回來這裡，停放在屋子後面。」他搖了搖頭。「我們真的不知道它現在在哪裡。」男孩說。

「六十塊錢，」叫吉伯特的男孩對叫基普的男孩說。「你們可以一個星期五塊錢那樣分期付給我。」

「吉伯特，我警告你啊，」婦人說。「聽見了吧，他們的說法，」婦人繼續說，這會兒眉頭皺了起來，「腳踏車是在『這裡』不見的，在這棟屋子後面。這叫我們怎麼能夠相信呢，他們到現在還不肯完全說實話！」

「我們說了，」羅傑說。「全部都是實話。」

吉伯特往椅子上一靠，對著漢米頓的兒子猛搖頭。

門鈴響了，在水槽台上的男孩跳下來走去客廳。

一個聳著肩膀、理平頭、有一對銳利灰眼珠的男人一言不發的走進廚房。他對那婦人瞥了一眼，走到蓋瑞．保曼的椅子後面。

「你就是保曼先生吧？」婦人說。「幸會了。我是吉伯特的母親，這位是漢米頓先生，羅傑的父親。」

男人只朝漢米頓點個頭，並未伸出手。

「這究竟是怎麼一回事？」保曼對他兒子說。

桌邊的幾個孩子立刻一起開口說話。

「安靜點！」保曼說。「我在問蓋瑞。等輪到你們再說。」

男孩開始敘述這件事情的始末。他的父親很仔細的聽著，三不五時的瞇起眼睛審視著另外兩個男孩。

等到蓋瑞．保曼說完了，婦人說，「我只想弄清楚整件事情的真相。我沒在指控任何一個孩子，你明白吧，漢米頓先生，保曼先生——我只想弄清楚事實。」她眨也不眨的看著羅傑和基普，這兩個孩子一個勁的對蓋瑞・保曼搖頭。

「不是這樣的，蓋瑞。」羅傑說。

「爸，我可以跟你私下說幾句話嗎？」蓋瑞・保曼說。

「走。」男人說著，兩個人就進了客廳。

漢米頓看著他們走開。他覺得他應該出面制止，不可以這樣祕密的說悄悄話。他的手心在冒汗，他伸手進襯衫口袋掏香菸，然後在深呼吸之後，拿手背往鼻子底下一掃說，「羅傑，除了剛才說的，你對這件事還知道多少？你知道吉伯特的腳踏車在哪裡嗎？」

「不知道，」男孩說。「真的，我發誓。」

「你最後一次看見那輛腳踏車是什麼時候？」漢米頓說。

「是從學校牽回家，把它留在基普他家的時候。」

「基普，」漢米頓說，「你知道吉伯特的腳踏車現在在哪嗎？」

「我也發誓，我真的不知道，」男孩回答。「第二天早上我把它牽回學校，放學之後就把它停放在這個車庫後面。」

「你剛才是說把它放在屋子後面。」婦人飛快的說。

「我指的就是屋子！我就是這個意思。」男孩說。

「你後來有沒有再回來騎過？」她身子向前傾。

「沒有，我沒有。」基普回答。

「基普？」她說。

「我沒有！我不知道它在哪裡！」男孩大叫。

婦人把肩膀往上一抬，很快又垮了下來。「你說該相信誰，該相信什麼呢？」她對著漢米頓說。「我只知道一件事，吉伯特掉了一輛腳踏車。」

蓋瑞・保曼和他父親回到廚房。

「滾腳踏車是羅傑出的主意。」蓋瑞・保曼說。

「是你出的主意！」羅傑跳起來說。「是你要這麼做的！後來你還要把它帶到果園去拆了！」

「你閉嘴！」保曼對羅傑說。「該你說話的時候再說，年輕人，不許搶話。蓋瑞，這事我來處理——為了幾個小癟三弄到這麼晚還回不了家！哪，你們兩個當中不管哪個，」保曼先看基普再看羅傑。「要是知道那孩子的腳踏車在哪裡，我勸你最好趕快說出來。」

「我想你有點太過分了。」漢米頓說。

「什麼？」保曼的額頭一沉。「我勸你最好少管閒事！」

「我們走，羅傑，」漢米頓站起來。「基普，你呢，要走還是要留。我回去跟羅傑好好談一談，至於賠償的事，既然羅傑確實有參與惡搞那輛腳踏車，到時候他會出三分之一的錢。」

「我不知道該說什麼才好，」婦人一邊回話，一邊跟著漢米頓穿過客廳。「我會跟吉伯特的父親討論一下——他出差去了。再看看吧。最後大概也只能這樣了，我會先跟他父親談一談。」

漢米頓閃到一邊，讓兩個孩子先走到前門廊，他聽見背後蓋瑞．保曼在說，「爸，他罵我驢蛋。」

「他罵你，真的？」漢米頓聽見保曼說。「好，他才是驢蛋。他看起來就像個驢蛋。」漢米頓回轉身說，「我看你今天晚上真是太過分了，保曼先生。你為什麼不收斂一點呢？」

「我說了叫你少管閒事！」保曼說。

「你回家去，羅傑，」漢米頓抿了抿嘴唇。「聽話，」他說，「快走！」羅傑和基普上了人行道。漢米頓站在門口看著保曼，保曼帶著他兒子從客廳走出來。

「漢米頓先生……」婦人緊張的出聲，但是沒把話說完。

「你要幹什麼？」保曼衝著他說。「你給我小心點，讓開！」保曼朝漢米頓的肩膀刷的一頂，漢米頓一個不穩栽下門廊，栽進帶刺的矮樹叢裡。他簡直不敢相信眼前發生的事。他爬出樹叢撲向站在門廊上的那個男人。兩個男人一起重重的摔到草坪上。他們在草坪上翻滾，漢米頓把保曼架倒在地上，拿膝蓋用力的壓著對方的二頭肌。他一把揪住保曼的衣領，把他的頭直往草地上敲，那婦人大聲哭喊，「天哪天哪，快來人阻止他們哪！老天爺，快去叫警察啊！」

漢米頓停了手。

保曼往上看著他說，「滾開。」

「你們還好吧？」見他們分開了，那婦人喊著說。「啊呀這真是……」她說。她看著那兩個男人，他們隔著幾呎的距離，背對背的站著，使勁的喘著大氣。幾個大男孩聚在門廊上觀看；現在架打完了，大夥等著，看著那兩個男人，然後裝模作樣的，你打我一拳、我回你一掌的互相鬧著。

「你們幾個快回屋裡去，」那婦人說。「我真沒想到會發生這種事。」她一手按在胸口上說。

漢米頓全身是汗，只要一吸氣，他的肺就像火在燒。他喉嚨裡好像有一團東西卡著，一時間連吞嚥都有困難。他慢慢的開步走，他的兒子和那個叫基普的男孩陪在他旁邊。他聽見甩上車門的聲音，引擎發動了。他繼續走，車頭燈掃過他。

羅傑哽咽了一下，漢米頓伸出手臂攬著孩子的肩膀。

「我要回家了，」基普說著哭起來。「我爸會找我的。」男孩哭著跑了。

「對不起，」漢米頓說。「不得已讓你看到這種事情。」他對兒子說。

父子倆就這樣走著，等接近他們家那條街時，漢米頓才把手臂移開。

「如果他拔出刀來呢，爸？或者棍子？」

「他不可能做出那種事。」漢米頓說。

「如果他會呢，那該怎麼辦？」他兒子說。

「人在生氣的時候，很難說得準會做出什麼事。」漢米頓說。

他們走上自家門前的步道。當漢米頓看見亮著燈光的窗戶，他忽然好感動。

「讓我摸一下你的肌肉。」他兒子說。

「別鬧了，」漢米頓說。「你快進去吃晚飯，快點睡覺。去跟你媽說我沒事，我要在門廊上坐一會兒。」

男孩這條腿、那條腿的晃著，看著他父親，然後衝進屋子大喊，「媽！媽！」

他坐在門廊上，靠著車庫的牆壁，撐直了兩條腿。額頭上的汗水已經乾了。衣服裡有濕濕冷冷的感覺。

曾經有一次他目睹他的父親——一個蒼白、木訥、垮著肩膀的男人——也發生過類似的事件。那次的情況很糟，兩個男人都受了傷。事情發生在一間快餐店。另外那個男的是一個農場工人。漢米頓一直很愛他父親，關於他父親的事他記得很多，但現在想起來的卻只是那一場鬥毆，彷彿對這個人全部的記憶就只剩這一點了。

他的妻子走出來的時候，他仍在門廊上坐著。

「天哪，」她兩手抱著他的頭說。「快進去洗個澡吃點東西，再把整件事情說給我聽。飯菜還熱熱的。羅傑已經上床睡了。」

他聽見兒子在叫他。

「他還沒睡著。」她說。

「我去看看他，」漢米頓說。「待會兒我們喝一杯吧。」

她搖頭。「我真不敢相信會出這種事。」

他走進男孩的房間，在床尾坐下。

「這麼晚了還不睡，我來說聲晚安。」漢米頓說。

「晚安。」男孩說，兩隻手枕在脖子後面，杵著手肘。

他穿著睡衣，渾身散發著溫熱的香味，漢米頓深深的吸著。他隔著被子拍了拍兒子。

「從現在起要好好的，別再去那邊了。別再讓我聽到你又去搞壞人家的腳踏車，或是任何屬於別人家的東西了。聽見了嗎？」漢米頓說。

男孩點點頭。他把手從脖子後面收回來，隨便的撥弄著床單。

「好啦，」漢米頓說，「晚安了。」

他湊過來親吻兒子，男孩卻開口了。

「爸，爺爺像你一樣強壯嗎？他在你這個年紀，我是說，你知道，你——」

「我九歲的時候？你是不是這個意思？對，他很強壯。」漢米頓說。

「有時候我都不大記得他了，」男孩說。「我不想忘記他。你知道嗎？你明白我的意思吧，爸？」

漢米頓沒有立刻回答，男孩接著說，「你小時候，是不是也像我跟你現在這個樣子？你愛他多過愛我嗎？還是一樣多？」男孩突然冒出這句話。他的腳在被子底下動來動去，他別開了視線。漢米頓仍舊沒有回答，男孩說，「他抽菸嗎？我好像記得有菸斗之類的。」

「他在過世前開始抽菸斗，這倒是真的，」漢米頓說。「很久以前他有抽菸的習慣，後來不知道為了什麼事不開心就戒掉了，再後來他換了幾種牌子又開始抽了起來。我讓你看樣東西，」漢米頓說。「聞聞我的手背。」

男孩握起他的手，聞了聞，說，「我沒聞到什麼，爸。是什麼呢？」

漢米頓聞了聞那隻手，再聞手指。「現在我也聞不出什麼了，」他說。「之前有的，現在沒了。」也許是被嚇跑了吧，他想。「我本來是想給你看一樣東西的。算了，現在太晚了。你快睡吧。」漢米頓說。

男孩翻個身看著他父親走向房門口，看著他把手按在電燈開關上。男孩忽然說，「爸？你一定會以為我瘋了，可是我真的很希望在你小時候就認識你。我的意思是，就跟我現在差不多一樣大的時候。我不知道該怎麼說，只是我一想到這個就覺得很孤單。就好像——就好像一想到這個就已經開始在想念你了。是不是很瘋狂，是不是？好了不管了，拜託讓房門開著。」

漢米頓讓房門開著，隨後想了想又把門掩上一半。

14 收集者

我失業中，但隨時都在期盼著北方來的消息。我躺在沙發上聽著下雨聲。不時抬起身子，隔著窗簾張望郵差的蹤跡。

街上沒半個人，什麼也沒有。

我再度躺下來不到五分鐘，便聽見有人走上門廊，等了一會，聽見敲門聲。我躺著不動。我知道那不是郵差。我清楚他的腳步聲。失業在家的時候，你得特別仔細，通知書說不定就夾在郵件裡或是塞在門縫底下，甚至人家還會直接上門來找你談談，如果你家裡又恰巧沒電話的時候。

敲門聲又響起了，聲音比剛才更大。壞兆頭。我慢慢直起身子，想從這個位置偷看前門廊。可是不管來人是誰，對方顯然緊貼著門站著，這又是一個噩兆。我知道地板會嘎吱嘎吱的，所以我根本沒機會溜進另外一間房，從那個窗口張望。

又一記敲門聲，我說話了，誰啊？

我是奧布瑞．貝爾，一個男人說。你是史雷特先生嗎？

你有什麼事嗎？我在沙發上喊。

我有樣東西要給史雷特太太。她贏得的。史雷特太太在家嗎？

史雷特太太不住這兒，我說。

哦，那，你是史雷特先生嗎？男人說。史雷特先生……男人打了個噴嚏。

我下了沙發，開了鎖，把門稍微拉開一些。是個老頭子，穿了件雨衣，顯得胖胖的，很臃腫。雨水沿著他的雨衣淌下來，滴到他手裡拎著的一只裝了配備的大提箱上。

他咧開嘴笑著，放下大提箱，對我伸出手。

奧布瑞．貝爾，他說。

我不認識你，我說。

史雷特太太，他開始了。史雷特太太填了一張卡片。他從裡面的口袋掏出一些卡片，翻找了一會兒。史雷特太太，他照著念，南六街東兩百五十五號？史雷特太太中了大獎。

他摘下帽子，慎重其事的點點頭，把帽子往雨衣上拍了拍，好像在說行啦，一切搞定，行程跑完了，終點到了。

他等待著。

史雷特太太不住這兒，我說。她中了什麼獎？

我拿給你看，他說，我可以進來嗎？

不知道。要是時間不長還可以，我說。我很忙的。

好，他說，我先把這雨衣脫了，還有雨鞋，我不想弄髒了你的地毯，我看見你確實鋪了地毯的，先生是……

一看見地毯，他原本發亮的眼神陡然黯沉下去。他抖抖身子，脫下雨衣，甩一甩，提著衣領把它掛在門把上。掛這兒很合適，他說，這種天氣真要命。他彎下腰鬆開雨鞋，先把箱子放進房間，再脫下雨鞋換了雙拖鞋走進去。

我關上門。他見我盯著那雙拖鞋，便說，W. H.奧登①第一次到中國，從頭到尾都穿著拖鞋，從來沒有脫掉過，因為長雞眼。

我聳聳肩，再朝街上看看有沒有郵差的蹤影，才把門關上。

奧布瑞．貝爾盯著地毯。他咬咬嘴唇，大笑起來，邊笑邊搖頭。

什麼事那麼好笑？我說。

沒事，先生，他說著，然後又開始大笑說，我看我是昏頭了，要不就是發燒了。他伸手摸額頭。他的頭髮一團亂，頭皮被帽子壓出了一道圓圈。

你覺不覺得我很熱？他說，我不知道耶，我看我是發燒了。他仍舊盯著地毯。你有沒有

①Wystan Hugh Auden，一九〇七—一九七三，美國詩人，二十世紀大文學家。

阿斯匹靈？

你到底怎麼了？我說，我可不希望你在我這兒病倒，我還有好多事要做。

他搖著頭，往沙發上坐下，拿穿了拖鞋的腳撥弄著地毯。

我去廚房，洗了個杯子，再從瓶子裡搖出兩粒阿斯匹靈。

喏，我說，你吃完該走了。

你是代表史雷特太太發言嗎？他不以為然的嘶喊著。哦不，不，忘了我剛才說的話，別把它放在心上。他抹了把臉，吞了阿斯匹靈，兩隻眼睛滴溜溜的朝空蕩蕩的房間掃過一遍，這才費力的傾身向前拍開提箱上的搭釦。箱子啪的打開了，露出許多裝滿物件的小隔間，有軟管、刷子、發亮的管子，還有一樣坐在幾個小輪子上、藍色的、看起來很重的東西。他看著這些玩意兒，好像十分驚喜。接著他靜靜的，以一種很宗教的口吻說，你知道這是什麼嗎？

我再靠近些，說，我想是真空吸塵器。我又不在大賣場，也絕不會去大賣場買一台吸塵器。

我給你看樣東西，他說，從夾克口袋掏出一張卡片。看看這個，他說著，便把卡片遞給我。沒有誰說你在大賣場。你看看這簽名，這是不是史雷特太太的親筆簽名？

我看那張卡片，把它舉到亮光裡，再翻個面來看，反面全部空白。怎樣？我說。

史雷特太太的卡片是從一大籮卡片中隨便抽出來的。類似的小卡片有上千張之多。她贏得了一台免費吸塵器和地毯清潔劑。史雷特太太是中獎人。沒有任何附帶條件，我甚至還特別過來為你清潔床墊，你這位先生是……等你看到一張床墊日積月累的能夠收納到什麼樣的程度，你一定會大吃一驚。每天每夜，我們身上都會留下許多碎屑，這裡一點、那裡一片的留下來。我們身上的這些碎碎屑屑都到哪去了？全都從床單鑽進了床墊，全進了那兒去了！還有枕頭也是。全都一樣。

他已經把那些閃亮的管子一截截的抽出來接好，再拿大小合適的管子插進軟管筒裡。他跪在地上，嘟囔著，把一個像勺子似的東西接到軟管上，再把那個附著幾個輪子的藍色物件拎出來。

他讓我先檢查過他準備使用的濾網。

你有車嗎？他問。

沒有，我說，我沒車，要是有車我就可以開車把你送走了。

真可惜，他說，這個小吸塵器有六十呎的延長線。如果你有車，就可以把這個吸塵器直接推到車門那邊，把車子裡的地毯和豪華座椅做一次大掃除。到時候，看看這些年來我們掉落在那些豪華座位上，和從那些座位上收集到的究竟有多少東西，保證叫你大吃一驚。

貝爾先生，我說，我看你還是收拾一下快走吧。我說這話不帶任何惡意。

但是，他只顧著滿屋子找插頭。他在沙發盡頭找到了一個，那機器立刻喀啦喀啦的響起來，就好像裡面有顆彈珠，也好像是有什麼東西鬆脫了，接著變成了穩定的嗡嗡聲。

里爾克成年期間始終居無定所，從一個城堡轉到另一個城堡，全靠那些貴人的資助。他頂著嗡嗡作響的吸塵器大聲的說，他很少坐汽車；寧願搭火車。再看看跟夏特蕾夫人住在西萊堡的伏爾泰，他的死亡面容是那麼的沉穩平靜。他舉起右手，好像我一定會表示反對似的。不對，我這話說得不對，是吧？別這麼說。誰知道呢？說著他轉身把吸塵器往另外一間房裡推。

這房間裡有一張床、一扇窗，被單都堆在地板上。床墊上就一個枕頭和一張床單。他扯掉枕頭套，再迅速剝下床單。他看著床墊，用眼角斜斜的瞟我一眼。我去廚房搬了把椅子，就坐在門口看著他。他先把吸杓貼著掌心試了試吸力，再彎腰轉了轉吸塵器上的調控鈕。這件工作得把馬力調到最大才行，他說。他再檢查一遍吸力，把軟管拉長到床頭，開始在床墊上移動吸杓。吸杓一碰上床墊，吸塵器呼呼的聲音就更大了。他在床墊上來來回回的吸了三次之後，關掉機器，按下一個操控把，蓋子啪的彈開來。他取出濾網。這個濾網只是用來示範的。正常操作的時候，所有的這些，這些吸起來的東西都會跑進這只袋子裡，這裡，他說。他拈起一些塵垢，少說也有一茶杯的量。

他的表情就是這個意思。

這不是我的床墊，我說著，把身子朝前傾，努力表現出很感興趣的樣子。

現在該枕頭了，他一邊說，一邊把用過的濾網擱在窗台上，再往窗外看了一會兒，轉過身。我要你抓住枕頭這一端，他說。

我站起來抓住枕頭的兩個角，感覺像是抓著什麼東西的耳朵似的。

這樣嗎？我問。

他點點頭。他走去另一間房間拿了新的濾網過來。

這東西要多少錢？我說。

不值錢的東西，他說，只是紙頭和一點塑膠合成的，要不了幾個錢。

他用腳踢開吸塵器的開關，我抓緊了枕頭，吸杓陷入枕頭，從上到下的吸著——一次，兩次，三次。他關掉吸塵器，移除濾網，一聲不吭的把它拿起來，放到窗台上原來那張濾網的旁邊。他再打開櫥櫃門，往裡面看，櫥櫃裡只有一盒「鼠必死」。

我聽見前門廊有腳步聲，信箱開了又關。我們倆彼此對看了一眼。

他拖著吸塵器，我跟著他，一起走進另外那間房間。我們看著那封信面朝下的躺在近門口的地毯上。

我朝那封信走過去，回頭說，好了吧？時間不早了。這塊地毯不值得大費周章。這只是一塊十二乘十五大小的棉布毯，加了止滑墊，從地毯城買回來的。真的不值得大費周章。

你有裝滿的菸灰缸嗎？他說。或者盆栽之類的東西？一把泥土也行。

我找出菸灰缸。他拿起菸灰缸把裡面的東西全倒在地毯上，用拖鞋踩，把菸灰和菸蒂輾碎。他再跪下來置入一張新的濾網，然後他脫下夾克，把它扔到沙發上。他的胳肢窩在冒汗，鮪魚肚的肥肉搭在腰帶上。他旋下原來的吸杓，換上另外一種裝置，調整好控制鈕。他用腳一踢，再把機器打開，對著這張破地毯來來回回的吸。我有兩次想去拿那封信，他似乎看透了我的心思，一再的阻撓我，可以這麼說吧，用那個軟管，那些接管，和不停的吸塵，吸塵……

我把椅子放回廚房，坐在那裡看他幹活。終於他關掉了機器，打開蓋子，沉默的把濾網拿給我看，上面盡是灰塵、毛髮，和小小的顆粒狀的東西。我看著濾網，站了起來，把它扔進了垃圾桶。

現在他專心幹活，不再做任何解說。他拿著一只裝了幾盎司綠色液體的瓶子到廚房，湊著水龍頭，把瓶子注滿。

你知道我是不會付錢的，我說。就算少了它就活不下去，我也不會給你一毛錢的。你是在做白工，真的。你把時間花在我身上根本是個浪費，我說。

我得把醜話說在前面，免得誤會。

他繼續忙他的事。他在軟管上安裝另外一個配備，再把手裡的瓶子扣到那個新配備上頭，程序挺繁複的。他在地毯上慢慢的推慢慢的挪，不時的釋放出一些翠綠色的蒸氣，隨著來回移動的刷子，在地毯上形成一道道的泡沫。

說出了心裡的話後，我坐在廚房的椅子上看他幹活，覺得輕鬆不少。偶爾我會看看窗外的雨。天色轉暗了。他關掉吸塵器，站在靠沂大門的一個角落。

要不要來杯咖啡？我說。

他用力的喘著氣，擦了擦臉。

我燒水，等水燒開，泡了兩杯咖啡，這時他已經把所有的裝備拆散了收進箱子裡。他拿起地上的那封信，讀著信封上的名字，仔細看了回信地址。他把信對摺，放入後褲袋。而我只是目不轉睛的看著他，如此而已。咖啡慢慢涼了。

這是給史雷特先生的，他說，我來處理。又說，這咖啡就免了吧，你最好別走地毯，剛剛才清洗過。

有道理，我說。接著我說，你確定這信是給誰的？

他伸手拿起沙發上的夾克，穿上，打開前門。雨仍在下。他套上雨鞋，繫好鞋帶，再穿上雨衣，朝屋子裡看了看。

你想要看一看嗎？他說。你不相信我？

只是覺得怪怪的，我說。

唔，我該走了，他說。卻依然站著不動。你到底要不要這個吸塵器啊？

我看著那只大箱子，現在闔攏了，準備上路了。

不要，我說，還是不要吧。我很快就要離開這裡了，要了它反而礙事。

好吧，他說著，關上了門。

15 你去舊金山幹嘛？

這事跟我一點關係都沒有。這是關於一對年輕夫婦跟他們三個孩子的事，這家人在去年夏天開始的頭一天，搬進了我這條路線上的一棟屋子。我拿起上個星期天的報紙，看到一張年輕人的照片，這人在舊金山被捕，因為用球棒殺死自己的妻子和她的男友。當然，這兩個男的並不是同一個人，雖然有一個相似點，就是兩人都留著鬍子。可是整個狀況夠接近了，讓我不得不聯想在一塊。

我的名字叫作亨利・魯賓遜，是個郵差，也算是一名公務員，從一九四七年做到現在。我一生都住在西部，只有大戰時候入伍的那三年不是。我離婚二十年了，有兩個將近二十年沒見過面的孩子。我，就我個人的看法，不算輕佻，也不算嚴肅。我篤信這年頭的男人就應該兩樣都具備那麼一點。我也相信工作的價值觀——愈勤奮愈好。一個不工作的男人太閒了就愛管閒事，時間太多就會出問題。

我認為這就是這位年輕人的問題所在——他沒工作。不過說句公道話，她也有責任。那個女人，是她縱容的。

頹廢一族，我想要是你瞧見了他們，八成也會這樣稱呼他們。那個男的在下巴上蓄了一撮尖尖的鬍子，一副隨時準備坐下來吃大餐，餐後再來一支雪茄的模樣。那個女的十分誘人，一頭黑色長髮，皮膚水嫩，美得無話可說。可是說句公道話，她不是一個好太太、好媽媽，她是個畫家。至於那個年輕男人，我不知道他是幹什麼的——可能也是幹這一行的吧。反正兩個人都沒工作，不過房租倒是付得起，日子也過得去，至少整個夏天是如此。

我第一次看見他們，是在一個星期六的上午，大約十一點，十一點十五分左右。我差不多已經跑完三分之二的路線，轉到了他們住的街口，發現一輛五六年份的福特停在院子裡，後面掛著一台拖車。松樹街總共三棟房子，他們家是最後一棟，另外就是莫契森家，他們來阿卡塔快滿一年了，還有格蘭家，他們在這裡已經住了兩年。莫契森在辛普生紅木上班，金·格蘭在丹尼屋擔任早班廚子。過了這兩家是一塊空地，再來就是最後這棟原來屬於柯爾的房子。

年輕男人站在院子裡那台拖車後面，那女的從前門走出來，嘴裡叼著一根菸，穿著一條白色緊身牛仔褲和一件男人的白色內衣。她一看見我就停下來，站在那裡看著我走上步道。到了他們家信箱的位置，我放慢腳步，朝她點個頭。

「都忙完了嗎？」我問。

「快了。」她說，一面抽菸一面撩開額頭上的一綹頭髮。

「太好了，」我說，「歡迎來到阿卡塔。」

說完話，我覺得有些尷尬。不知道為什麼，有好幾次我跟這個女人寒暄時都會有尷尬的感覺。這也是助長我從一開始就對她反感的一個原因。

她回我一個虛應的笑容，我開步向前走，年輕男人——他的名字叫馬斯登——拿著一大紙箱的玩具從拖車後面走出來。各位，阿卡塔不是小鎮，也不算人城，不過我猜想，各位的看法還是偏小鎮的居多。隨便人家說吧，阿卡塔，這又不是什麼世界末日，只是住這兒的人，多半不是在木材廠工作，就是討海捕魚維生，再不然就是在市區裡的商店服務。這裡的人很看不慣男人留鬍子——同樣的，也看不慣沒有工作的男人。

「嗨，」我說。等他把紙箱放到車子前護蓋上，我伸出手。「我叫亨利・魯賓遜。你們剛搬來？」

「昨天下午。」他說。

「好長的一段路啊！從舊金山過來足足花了我們十四個鐘頭，」女人在前門廊說，「還掛了這個要命的拖車。」

「哇，天哪，」我大力搖頭的說。「舊金山？我才去過舊金山，讓我想想，去年三四月的時候吧。」

「是嗎？」她說。「你去舊金山做什麼？」

「喔，其實沒做什麼。我一年總會去個一兩次。到漁人碼頭，看看巨人隊打球。如此而已。」

對話到此小歇了一會兒，馬斯登用腳尖往草堆裡探著什麼東西。幾個小孩正巧挑這個空檔從前門殺出來，在門廊上吶喊狂奔。紗門被撞開的時候，我看馬斯登簡直嚇壞了。她卻抱著手臂站在那裡，冷靜沉著，連眼睛都不眨一下。他的神色慌張，一副沉不住氣的樣子，無論做什麼事，都會出現緊張抽筋似的小動作。還有他的眼神——只要一落到你身上便立刻滑開，但很快又再滑回來。

一共三個小孩，兩個鬈髮的小女孩大約四五歲，後面追著跑的是一個更小的男孩。

「好可愛的孩子，」我說。「好了，我要趕路了。你們得把信箱上的名字改一改。」

「當然，」他說。「當然。這一兩天就改。不過目前我們不見得會有郵件。」

「難說，」我說。「誰也說不準這只老郵袋裡會蹦出什麼玩意來。先做好準備總是無妨啊。」我準備發動車子。「對了，萬一你想要在工廠裡找份差事，我可以告訴你去辛普生紅木找誰。我一個朋友在那兒當領班，他或許可以……」我看他們對這事不感興趣，便立刻收住了話尾。

「不必了，謝謝。」他說。

「他沒在找工作。」她插嘴說。

「好，那就再見啦。」

「再見。」馬斯登說。

她一聲也不吭。

那是一個星期六，我前面說過，就在陣亡將士紀念日的前一天。我們星期一補假，所以一直到星期二我才又經過那兒。我瞧見那台拖車還停在前面的院子裡，這倒也還好，但真正令我驚訝的是，他居然還沒把車上的東西卸下來。依我看，堆在前門廊的雜物大概只有全數的四分之一吧——一張罩著套子的座椅，一把鉻黃色的廚房椅，和一大紙箱的衣物，有些衣服從紙箱頂上溢了出來。另外的四分之一應該已經搬進了屋子裡，其餘的東西仍舊待在拖車上。三個孩子拿著小木棍不停的敲著拖車兩邊，踩著後檔板鑽進鑽出。孩子的爸媽則不見人影。

到了星期四，我又看見他進了院子，於是又提醒他要記得更換信箱上的名字。

「這事我一定會抽空先把它做好。」他說。

「不急，」我說。「剛剛搬到一個新家要忙的事情可多著呢。原來住這裡的那一家，柯爾夫婦，他們就在你們搬進來的前兩天才搬走。他轉調到尤利卡那邊工作了，是野外垂釣部門。」

馬斯登摸著鬍子別開視線，好像在想什麼事情的樣子。

「再見啦。」我說。

「再見。」他說。

總而言之，他始終沒有更換信箱上的名字。過後不久，我送來一封寫著這個地址的郵件，他會說兩句，「馬斯登？對，是我們的，馬斯登……下次我一定要把信箱的名字改一改。我弄罐油漆來把原來那個名字蓋掉就行了……那個柯爾，」說這段話的時間裡，他的眼睛不斷的飄過來轉過去，好像從眼角瞟了我一下，下巴飛快的抽動了一兩次。但是他始終沒更換信箱上的名字，過些時候我也就聳聳肩不再多提了。

接著謠言傳來了，版本很多。我聽說他是一個假釋犯，為了避開舊金山那個不良環境而來到阿卡塔。按照這個版本，那女人是他的老婆，那三個孩子卻沒一個是他的。另外一個版本說他犯了罪到這裡來避風頭，不過附和這個說法的人不多，他怎麼看都不像是一個會犯什麼大案子的人。而大多數人最相信的一個版本，也是流傳最廣、最恐怖的一個是：那女人吸毒成癮，說法是這樣的，那丈夫帶她來這裡是為了幫她戒除惡習。而莎莉・威爾森的造訪，更被大家當作最有力的證據：莎莉・威爾森在「迎賓禮車」上班。有天下午她順道登門拜訪，事後她說，這兩個人的的確確有些古怪——尤其是那個女人。那個女人前一分鐘還坐在那裡聽莎莉說話——而且似乎非常用心的在聽——下一分鐘卻忽然站了起來，也不管莎莉還在說什麼，自顧自的去畫畫了，就好像莎莉壓根不在那兒似的。還有她對待小孩的方式，一會兒又吻又寵，一會兒又毫無理由的對他們大呼小叫。哪，只要靠近她，看她的眼神就知道了，莎莉說。不過莎莉．威爾森這些年在「迎賓禮車」這張招牌的掩護下，已經刺探了不少人的八卦。

「實際情形沒人說得清，」凡是有人提起這檔事我都這麼說。「誰知道呢？說不定他現在就要去上班了。」

反正怎麼說都一樣，在我看來，他們在舊金山確實出了些麻煩，不管是什麼麻煩，現在他們決定要擺脫它。至於為什麼挑上阿卡塔來定居，這就難猜了，因為他們顯然不是來這裡找工作的。

剛開始的幾個星期沒什麼「正式」的信件，只是一些廣告傳單，像是席爾斯或西方汽車公司之類的。之後有幾封正式的信件出現了，一週大約有一兩封。我經過他們家門前，有時候會看到其中一個人在外面，有時候沒有。幾個孩子倒是一直都在那裡，奔進跑出的，或是在隔壁的空地上玩耍。當然，打從一開始那就不是一個模範家庭，而在他們住下一段時間之後，院子裡的雜草也冒出來了，原來的草皮變黃，枯死了。任誰都不高興看到這種景象。我知道杰瑟普老爺子來過一兩次勸他們要澆水，他們說買不起水管，他便因此給了他們一條。不久我發現幾個孩子拿著水管在空地上玩，事情就此不了了之。又有兩次，我看見前院停了一輛白色的小跑車，附近從來沒見過這樣的車型。

我只有一次跟那女人正面接觸。有一封欠資信，我拿著信上門去。一個小女孩讓我進了屋子，然後轉身跑去叫她媽媽。屋子裡凌亂的堆放著一些舊家具，衣服扔得到處都是，不過並不髒。不整齊也許，骯髒倒不至於。客廳的一面牆邊上杵著一張舊沙發和一把椅子，窗子底下是一個用磚塊和木頭搭造的書櫃，裡面塞滿了平裝本的小書。角落裡靠著一疊面朝下的圖畫，另外一邊畫架上架著一幅畫，被一塊布罩著。

我挪動一下身上的郵袋，在原地杵著，心裡想著還不如我把這筆差額付了倒好。我盯著那畫架等待，正想偷偷過去把布罩掀開時，我聽見了腳步聲。

「有何貴幹？」她出現在走道上，態度很不友善。

我碰了碰帽沿。「對不起，有封欠郵資的信。」

「我看看。誰寄來的？怎麼是傑瑞！這個白痴。居然寄了一封沒貼郵票的信給我們。馬斯登啊！」她大喊，「是傑瑞寄來的信。」馬斯登走了進來，一臉的不高興。我這隻腳、那隻腳的換著站，繼續等待。

「我來付吧，」她說，「看在老傑瑞來信的分上。給你，再見。」

事情就照著這個章法繼續下去——其實毫無章法可言。我不敢說附近這一帶的人已經習慣了他們——他們不是那種容易親近熟悉的人。只是過了一陣子，人家似乎也不大注意他們了。只不過在西福威超市碰見他推著購物車的時候，大夥還是會盯著他的鬍子瞧，如此而已。也沒再聽說什麼謠傳了。

然後有一天他們消失了。一家人分兩個方向走。我後來才發現她提早一個星期離開，跟一個男人——幾天過後，他則帶著幾個孩子去雷登找他母親。六天過去了，從星期四到下一個星期三，他們的郵件原封不動的待在信箱裡。窗簾全都垂著，誰也不敢確定他們是不是就此一去不回頭。但就在那個星期三，我注意到那輛福特又停在院子裡，窗簾仍舊垂著，郵件卻不在了。

第二天開始，他每天都會出來在信箱旁邊等我送信，要不就坐在門廊的台階上抽菸，顯而易見的，是在等待。一看見我過來，他就起身，拍拍褲子後面，走近信箱。要是我手上有他的信，甚至還沒交到他手上，他就已經在掃描信封上的寄件人地址了。我們極少交談，頂多在眼睛對上的時候彼此點個頭，但這種情形也少之又少。他的樣子很痛苦——任何人都看得出來——說實在的，我很想幫幫這個小夥了，但我不知道該怎麼啟口。

他回來一個多禮拜後的一天上午，我看見他兩手插在後褲袋裡，在信箱前面來來回回的踱著，我決定主動開口說話了。至於要說些什麼，我一時還沒想到，不過，一定要說點什麼就是了。當我走上步道時，他正背對著我，等我一靠近，他突然轉身面向我，臉上那副表情頓時把我要衝出口的話給凍住了。我停住腳步，手裡拿著一封他的信。他朝我走近幾步，我看也不看的把信遞給他。他瞪著那封信，十分錯愕的模樣。

「貴住戶。」他說。

那是從洛杉磯寄來的一份宣傳醫療保險的傳單。那天上午，我至少已經遞送了七十五份。他把傳單對摺好之後便走回屋子裡。

第二天他照常出來。臉上雖然還是那副表情，但似乎比前一天克制得多。這次我有一種預感，我手上拿的正是他在等待的東西。那天早晨，我在郵局整理郵件裝袋的時候，看到了這封信，很普通的一個白色信封，收信地址是一個女人的筆跡，花體字，寫得很大，幾乎把空間全佔滿了。上面蓋著波特蘭的郵戳，寄件人的位置寫著姓名的縮寫J. D.，和波特蘭的地址。

「早。」我遞上這封信。

他不發一語的接下信，臉色霎時變得慘白。他搖搖晃晃的過了一會兒，才舉步往回走，邊走邊拿信湊著亮光看。

我大聲喊著，「她不是什麼好東西，孩子，我第一眼就看出來了。你幹嘛還想著她？你為什麼不好好工作把她忘掉呢？你為什麼那麼排斥工作呢？當年我在你這種處境的時候，就是靠著工作，日夜不停的工作，讓我忘掉一切的，那時候正在打仗……」

之後他再也沒到外面等我了，事實上，他也只在那裡待了五天。我每天還是看得見他，他還是在等我，只是站在窗子後面，隔著窗簾看著我，非要等到我走了，他才肯出來，我聽得見推紗門的聲音。如果我回頭，他就裝出慢條斯理的樣子，慢慢吞吞的走近信箱。

最後一次看見他站在窗口，顯得很平靜、很精神。窗簾垂著，百葉窗都收了起來，我猜當時他正在收拾東西準備要走了。從他的神情，我看得出來這次他沒在看我也沒在等我。可以這麼說，他的視線經過我，穿過我，越過向南的屋頂、樹梢。他繼續望著，直到我走過來，走到屋子跟前，甚至後來我走回人行道，回頭看時，他仍然站在窗口。那感覺好強烈，害我也忍不住轉身跟著他望的方向看去。可是，各位想也知道，除了同樣的老樹、青山、天空之外，我什麼也看不到。

第二天他走了。沒有留下任何地址。有時候總有一些信件，給他或他的太太或者他們兩個人的。如果是掛號信之類的急件，我們會留置一天，然後退回寄件人。這種情況不多，我也不會介意。不管怎麼說，就是工作嘛，我甘之如飴。

16 請你站在我的立場想一想

電話鈴響的時候，他正在為整間公寓除塵，正在客廳裡拿吸嘴清除沙發墊之間的貓毛。他停下來聽了一會兒，然後關掉吸塵器，過去接電話。

「喂，」他說。「我是邁爾斯。」

「邁爾斯，」她說。「都還好嗎？在忙什麼？」

「沒什麼，」他說。「嗨，寶拉。」

「今天下午公司有個聚會，」她說，「你也受邀囉。迪克邀請你來。」

「我恐怕去不了。」邁爾斯說。

「迪克一分鐘前才說了，給你們家老爺打個電話，叫他過來喝一杯。把他拖出他的象牙塔，到真實世界裡走一走。他喝了酒挺有趣的。邁爾斯？」

「我聽見了。」邁爾斯說。

邁爾斯之前是迪克的部下。迪克老是說他該去巴黎寫小說，後來邁爾斯就真的辭職去寫小說，迪克還說他會隨時留意暢銷書榜上邁爾斯的名字。

「我現在走不開。」邁爾斯說。

「今天上午我們聽到一個好可怕的消息。」寶拉像是沒聽見他的話似的繼續往下說。「你記得賴瑞．古迪納司吧。你在這裡上班的時候他還在呀。他在科普書那邊幫過一陣子，之後他們把他外放了，再後來就把他開除了。聽說今天早上他自殺了。朝自己的嘴裡開了一槍。你能想像嗎？邁爾斯？」

「我在聽，」邁爾斯說。他試著回想賴瑞．古迪納司的模樣，記憶中那是一個彎腰駝背的高個子，戴著金絲框眼鏡，顏色鮮豔的領帶，髮線退得很高。他可以想像那個衝擊力道，腦袋猛地往後仰。「天哪，」邁爾斯說。「聽了真叫人難過。」

「來一趟吧，親愛的，好不好？」寶拉說。「不過是大家一起聊聊，喝喝酒，聽聽聖誕音樂罷了。過來吧！」她說。

邁爾斯在電話線的這一頭，聽得見那些聲音。「我不想過去，」他說。「寶拉？」有幾片雪花飄過窗前，他看著，拿手指擦著玻璃，趁著對方回應的時間在玻璃窗上寫自己的名字。

「什麼？我聽見啦，」她說。「好吧，」寶拉說。「那，不如我們約在伏耶樂思碰頭，一起喝一杯吧？邁爾斯？」

「好啊，」他說。「伏耶樂思。可以。」

「你不來大家會很失望的，」她說。「尤其是迪克。迪克好佩服你。真的。他親口對我說的。他佩服你的膽量。他說他要是有你的膽量，早幾年前就該辭職不幹了。迪克說做你這樣的決定是需要膽量的。邁爾斯？」

「我在聽，」邁爾斯說。「車子大概還可以發動。如果不行，我再打給妳。」

「好啊，」她說。「那就伏耶樂思見囉。如果五分鐘內沒接到你的電話，我就走人了。」

「替我跟迪克打聲招呼。」邁爾斯說。

「我會的，」寶拉說。「他正說著你呢。」

邁爾斯收起吸塵器，走下兩層台階步向車子，他的車停在最後一個車位，車身覆滿了雪。他鑽進車子裡，催了好幾次油門試著發動。車子發動了。他繼續踩著油門。

一路上，他看見人們提著大包小包在人行道上疾走。他望著雪花紛飛的灰色天空，望著縫隙和窗台處處都積滿了雪堆的高樓大廈。他努力的看，樣樣都不放過，以便存著日後好用。他目前正處於腸枯思竭，腹笥甚窘，自我感覺其差無比的時候。他找到了伏耶樂思，這間小酒吧就在轉角一家男士服飾店的隔壁。他把車在後面停好便走了進去。他在吧台邊坐了一會，然後端起酒杯走向靠近門口的小桌子。

寶拉一進門就說，「聖誕快樂，」他起身親一下她的臉頰，為她拉開座椅。他說，「威士忌？」

「威士忌。」她回應著，然後對過來點餐的女孩說，「威士忌加冰塊。」

寶拉拿起他的杯子，一口乾了那杯酒。

「我也要再來一杯，」邁爾斯對那女孩說。等那女孩走開之後不久，他說，「我不喜歡這地方。」

「這地方怎麼了？」寶拉說。「我們常來啊。」

「我就是不喜歡，」他說。「喝完這杯，我們改去別處吧。」

「隨你便。」她說。

那女孩端酒過來。邁爾斯付了酒錢，他跟寶拉互相碰杯。

邁爾斯看著她。

「迪克跟你問好。」她說。

邁爾斯點點頭。

寶拉喝了一小口酒。「今天還好嗎？」

邁爾斯聳聳肩膀。

「你都做了些什麼？」她說。

「沒做什麼，」他說，「吸塵。」

她摸摸他的手。「大家都要我跟你說聲嗨。」

兩個人喝完了酒。

「我有個主意，」她說。「我們不如去摩根他們家拜訪一下吧。我們到現在還沒去看過他們，人家都回來個把月了。就去轉個圈打聲招呼，說我們是邁爾斯夫婦。再說了，人家還寄卡片給我們，請我們聖誕假期去他們家坐坐呢。人家『邀請』我們耶。總之，我現在不想回家。」她最後丟出這一句，一面伸手往包包裡掏香菸。

邁爾斯想起出門前他已經調好了暖爐，燈也都關了。忽然間，他又想起飄過窗前的片片雪花。

「那封侮辱我們的信又該怎麼說？那信上寫著他們聽說我們在屋子裡養貓的事？」他說。

「人家現在早忘了這事了，」她說。「那又沒多嚴重。哎呀，走啦，邁爾斯！去啦。」

「就算要去也得先打個電話。」他說。

「不要，」她說。「好玩就在這裡。不打電話，直接上門說哈囉，我們過去在這兒住過。沒錯吧？邁爾斯？」

「我認為應該先打個電話。」他說。

「現在是過節耶，」她從位子上站起來。「走吧，寶貝。」

她挽起他的手臂，一起走進雪地裡。她提議先開她的車，待會兒再回來牽他的車。他為她開了車門，再轉向副駕駛座那邊上車。

看到亮著燈光的窗戶，看到屋頂上的白雪，以及車道上停著的休旅車，他著實有些感觸。那窗簾開著，聖誕樹上的小燈泡隔著窗戶在向他們眨眼睛。

他們倆下了車。他攙扶著她踩過一堆積雪，踏上通往前門廊的步道。走不到幾步，忽然從車庫角落竄出一隻毛茸茸的大狗，朝著邁爾斯夫婦筆直衝過來。

「唉喲，天哪！」他說著弓起身子，往後退，兩手不自覺的往上抬。他滑倒了，大衣飛開，整個人栽在冰凍的草地上，他知道這下糟了，那條狗肯定會撲上來咬他的喉嚨。大狗吼了一陣，開始嗅起邁爾斯的大衣。

寶拉抓起一把雪扔向那條狗。門廊的燈亮了，門開了，一個男人大聲叫著，「巴奇！」

邁爾斯總算站了起來，拚命撣著大衣。

「怎麼搞的？」門口那人說。「是誰啊？巴奇，過來，這傢伙。快過來！」

「我們是邁爾斯夫婦，」寶拉說。「特地來祝賀你們聖誕快樂。」

「邁爾斯夫婦？」門口的男人說。「走！回車庫去，巴奇。走，走啊！是邁爾斯夫婦。」男人對著站在他身後張望的女人說。

「邁爾斯夫婦，」她說。「喔，請他們進來，快請他們進來吧。」她踏上門廊說。「請進請進，外面好冷。我是希妲．摩根，他是艾格．摩根。很高興認識你們，請進來坐吧。」

四個人在前門廊上很快的握了握手。邁爾斯和寶拉走入屋內，艾格．摩根把門關上。

「把外套交給我，兩位把大衣脫了吧，」艾格．摩根說。「你沒事吧？」他仔細的查看著邁爾斯，邁爾斯點了點頭。「我知道那條狗會人來瘋，可是從來沒有像今天這樣子過。事情發生的時候，我剛好在看窗子外面。」

這番話聽在邁爾斯耳裡覺得有些怪，他看著這個男人。艾格．摩根，四十多歲，頭頂幾乎全禿了，穿著休閒褲和毛衣，腳上趿了雙皮拖鞋。

「牠的名字叫巴奇，」希妲．摩根邊說邊扮了個鬼臉。「是艾格的狗。我不能在屋裡養什麼動物，是艾格買了這隻狗，他保證絕不讓牠進屋裡來的。」

「牠睡在車庫裡，」艾格．摩根說。「牠好想進屋裡來，我們不准，這你知道吧，」摩根先生咯咯的笑著。「坐啊，坐啊，家裡很亂，你們隨便找個位子坐吧。希妲，親愛的，幫忙把沙發上的東西移一移，好讓邁爾斯夫婦坐下來。」

希妲．摩根清掉了沙發上的包裝盒、包裝紙、剪刀、一盒彩帶、花結。她把所有的東西都擱到地板上。

邁爾斯注意到摩根又在看他，這次沒了笑容。

寶拉說，「邁爾斯，親愛的，你頭髮上沾了什麼東西。」

邁爾斯伸手摸摸腦袋後面，是一根小樹枝，他順手把它收進了口袋。

「這狗真是的，」摩根說著又咯咯的發笑。「我們剛好在喝熱飲和包裝一些拖到最後一刻才包裝的禮物。兩位要不要也喝一杯應個景？你們想喝什麼？」

「都可以。」寶拉說。

「都可以。」邁爾斯說。「希望沒有打擾到你們。」

「什麼話，」摩根說。「我們對……對邁爾斯一家人十分的好奇。你就來杯熱飲吧，先生？」

「好啊。」邁爾斯說。

「那邁爾斯太太呢？」摩根說。

寶拉點點頭。

「兩杯熱飲馬上到，」摩根說。「親愛的，我們也忙完了吧？」他對自己的太太說。

他拿著她的杯子走去廚房。邁爾斯聽見碗櫃的門砰的一聲，接著隱約聽見一句罵人的髒話。邁爾斯眨了一下眼睛，望向希妲·摩根，她正坐在沙發盡頭的一張椅子上。

「這下子真像過節了。」

「你們兩個來坐這兒，」希妲．摩根拍著沙發的扶手說。「靠近爐火這邊。我們等摩根先生回來，叫他再添一些柴火。」他們坐著。希妲．摩根兩手合在腿上，身子微微前傾，打量著邁爾斯的臉孔。

客廳依稀還是他記得的樣子，除了希妲．摩根座椅後方的牆上多了三個小小的相框。其中一張照片是一個穿馬甲和雙排釦長外套的男人正在向兩個拿著小陽傘的女士行脫帽禮，背景是車水馬龍的廣場。

「德國好玩嗎？」寶拉說。她端正的坐在沙發椅墊的邊緣，包包擱在膝蓋上用手抓著。

「我們很喜歡德國。」艾格．摩根說，他端著托盤和四個大茶杯從廚房進來。邁爾斯認得這些杯子。

「你有沒有去過德國，邁爾斯太太？」摩根問。

「我們很想去，」寶拉說。「是吧，邁爾斯？也許明年，明年夏天，要不就後年。等我們負擔得起的時候。等邁爾斯賣掉一些什麼的時候再說。邁爾斯正在寫作。」

「我覺得去歐洲走一趟對作家很有幫助，」艾格．摩根說。他把杯子擱在茶杯墊上。「請用。」他往他妻子對面的一張椅子坐下來，注視著邁爾斯。「你在信上說你為寫作而辭職。」

「確實如此。」邁爾斯啜著飲料說。

「他幾乎每天都在寫。」寶拉說。

「是嗎？」摩根說。「真了不起。我可以問問你今天寫了些什麼嗎？」

「沒有。」邁爾斯說。

「今天過節放假。」寶拉說。

「妳一定為他感到很驕傲吧，邁爾斯太太？」希妲．摩根說。

「是啊。」寶拉說。

「我真替妳高興。」希妲．摩根說。

「前兩天我聽說了一件事，或許你會感興趣。」艾格．摩根說。他取出一些菸絲塞進菸斗。邁爾斯也點起一根菸，卻找不到菸灰缸，只好把火柴棒扔到沙發背後。

「很可怕的一個故事。說不定你派得上用場，邁爾斯先生。」摩根點上火，吸著菸斗。「給磨廠送粉，加料啊。」摩根邊說邊笑邊晃著火柴棒。「故事裡這傢伙差不多就是我這年紀，以前曾跟我同事過一兩年，我們彼此還算熟，也有一些共同的好朋友。後來他搬走了，在一所大學裡接了個職位。哪，你知道有時候總是會跑出這一類的事情——這傢伙跟他一個學生有了不倫的戀情。」

摩根太太不以為然的咂咂嘴。她拿起一只裹著綠色包裝紙的小包裹，把一個紅色的小花結固定在包裝紙上。

「根據各方的說法，這段火熱的戀情延燒了好幾個月，」摩根繼續說。「事實上，一直到不久前才結束。正確的說，是在一個星期前。那天傍晚，他向太太宣示──他們兩個已經結婚二十年了──他向太太宣示他要離婚。你可以想像那個笨女人會怎麼反應，這事來得實在太突然了。全家吵成一團。她叫他立刻滾出家門。就在他往外走的時候，他兒子朝他扔了一只蕃茄湯罐頭，正中他的前額，把他砸成了腦震盪，送進醫院。目前情況還很嚴重。」

摩根抽著菸斗看著邁爾斯。

「我從沒聽過這樣的事，」摩根太太說。「艾格，噁心死了。」

「好可怕，」寶拉說。

邁爾斯咧開嘴笑。

「這個故事可說是為你量身打造的，邁爾斯先生，」摩根看見了這一笑，瞇起眼睛。「思考一下吧，如果你進入那個男人的腦袋裡，看看會是什麼光景。」

「或者是她的腦袋，」摩根太太說。「那個妻子的。想想她的心情，在二十年之後遭受到這樣子的背叛。想想她的感覺。」

「也該想想那可憐的男孩，他心裡有多煎熬，」寶拉說。「想想看，他差一點就殺死了自己的父親。」

「對，說的都對，」摩根說。「可是有一件事你們大概都沒想到。想一想這個，邁爾斯太太，妳有在聽嗎？告訴我妳對這件事的看法。把妳自己當作是那位愛上有婦之夫的十八歲大學女生，站在她的立場好好想一想，妳就會發現這個故事發展的其他可能性了。」

摩根點著頭，神情得意的往椅子上一靠。

「要我同情她恐怕辦不到，」摩根太太說。「她這種人我想也知道。我們大家都知道，她就是那種專門勾引老男人的貨色。我也不會同情他——那個男的，那個老色鬼，不會，我絕不會。在這樁案子裡，我只會同情那個太太和兒子。」

「這故事恐怕只有托爾斯泰才能說清楚講明白了，」摩根說。「所以功力得跟托爾斯泰不相上下才行。邁爾斯先生，水還很熱。」

「我們該走了。」邁爾斯說。

他站起來把菸扔進火堆裡。

「再坐一會兒嘛，」摩根太太說。「我們都還沒混熟呢。你們還不知道我們是怎麼在……猜測你們。現在總算有機會聚在一起了，再坐一會兒吧。真是難得的驚喜啊。」

「很謝謝你們的卡片和字條。」寶拉說。

「卡片？」摩根太太說。

邁爾斯坐下了。

「今年我們決定不寄卡片，」寶拉說。「該寄的時候我太忙，到最後一分鐘再寫又來不及了。」

「妳要不要再來一杯，邁爾斯太太？」摩根站在她面前，手搭在她的杯子上。「給妳先生做個榜樣吧。」

「這個好喝，」寶拉說。「可以暖和身子。」

「對，」摩根說。「可以暖身，說得好。親愛的，妳聽見邁爾斯太太說的話了嗎？可以暖和身子。太好了。邁爾斯先生？」摩根問著、等著。「你要不要也來一杯？」

「好啊。」邁爾斯說著，讓摩根拿起那只杯子。

那狗哀聲的叫著，在外面抓門。

「這狗真是的。我不知道這狗今天是怎麼了。」摩根說。他走去廚房，這次邁爾斯清楚的聽見了咒罵聲，摩根把水壺大力甩到爐子上的時候真的在開罵了。

摩根太太開始哼歌。她拾起一個包了一半的禮物，剪下一條膠帶，動手封貼包裝紙。

邁爾斯點起一支菸。這次他把火柴棒放在茶杯墊上，又看看手錶。

摩根太太抬起頭。「我好像聽見唱歌的聲音，」她說。她仔細的聽著，從椅子上站起來走到窗前。「是在唱歌耶，艾格！」她喊著。

邁爾斯和寶拉走到窗口。

「我好些年沒聽到唱聖歌的人了。」摩根太太說。

「什麼事？」摩根說。他端著托盤和杯子。「什麼事？怎麼了？」

「沒什麼，親愛的，是唱聖歌的人。哪，就在對街那邊。」摩根太太說。

「邁爾斯太太，」摩根說著遞上托盤。「邁爾斯先生。親愛的。」

「謝謝。」寶拉說。

「Muchas gracias①。」邁爾斯說。

摩根放下托盤，拿著杯子轉回到窗前。一群年輕人聚在屋子對面的人行道上，有男有女，還有一個年紀比較大，個子比較高，穿戴著圍巾和短大衣的男孩。邁爾斯看得見對面窗口的人臉——奧得利一家子——等到唱詩班唱完了，傑克．奧得利走到門口，給那高個子男孩一些東西。那群孩子繼續向前行，手電筒閃啊閃的，然後停在另一家門前。

「他們不會來這裡了。」過了一會兒摩根太太說。

「什麼？他們為什麼不會來這裡？」摩根轉頭對著他太太說。「胡說些什麼啊！他們為什麼不會來這裡？」

①西班牙文，多謝。

「我就是知道啊，他們不會來。」摩根太太說。

「我說會，他們會來，」摩根說。「邁爾斯太太，那些唱聖歌的孩子會不會來這裡？妳說說看？他們究竟會不會繞回來祝福這棟屋子？由妳說了算。」

寶拉緊挨著窗戶。那群唱聖歌的孩子愈走愈遠。她沒有回答。

「好啦，現在所有的高潮都結束了。」摩根說著走回座椅。他坐下來，皺著眉，又開始填充他的菸斗。

邁爾斯和寶拉回沙發坐下。摩根太太終於離開了窗戶，也坐了下來。她先是盯著自己的杯子微微笑，接著放下杯子哭了。

摩根把手帕遞給他的妻子，他看著邁爾斯。過了一會兒，摩根敲著椅子的扶手。邁爾斯動了動腳。寶拉則在包包裡找菸。「看到了吧，你們惹出來的的？」摩根盯著邁爾斯腳邊的地毯說。

邁爾斯站起來。

「艾格，再給他們弄杯喝的，」摩根太太擦著眼睛說。她拿手帕抹抹鼻子。「我想要他們聽聽愛登波洛夫太太的事情。既然邁爾斯先生正在寫作，我想他應該會喜歡這個。等你回來，我們再開始說故事。」

§

艾格．摩根收齊了杯子，端進廚房。邁爾斯聽見杯盤碰撞、碗櫃乒乓的聲音。摩根太太望著邁爾斯淡淡的笑著。

「我們該走了，」邁爾斯說。「我們該走了。寶拉，去拿妳的外套。」

「不要，別走，千萬別走，邁爾斯先生，」摩根太太說。「我們希望你們聽聽愛登波洛夫太太的事情，可憐的愛登波洛夫太太。妳也會喜歡這個故事的，邁爾斯太太。這是一個大好機會，讓妳明白妳丈夫的思路，看他如何來處理這些生硬的素材。」

摩根回來傳遞完熱飲，立刻坐下。

「把愛登波洛夫太太的事說給他們聽吧，親愛的。」摩根太太說。

「那狗幾乎把我整條腿都扯掉了。」邁爾斯脫口而出，連自己也感到吃驚。他放下杯子。

「哪有，沒那麼嚴重吧。」摩根說。「我看到啦。」

「妳知道這些作家，」摩根太太對寶拉說。「他們就是愛誇大。」

「所謂筆桿子的威力。」摩根說。

「就是這句話，」摩根太太說。「把你的筆彎成一把鐵犁吧，邁爾斯先生。」

「我們請摩根太太來說愛登波洛夫太太的故事吧。」摩根不理會起身站著的邁爾斯。

「摩根太太跟這件事情大有關係。剛才我已經向兩位說了被湯罐頭砸中的那個傢伙，」摩根咯咯的笑著。「這一個就讓摩根太太來說吧。」

「你來說啦，親愛的。邁爾斯先生，你可要聽仔細了。」摩根太太說。

「我們該走了，」邁爾斯說。「寶拉，走吧。」

「要講誠信。」摩根太太說。

「我們是講誠信啊，」邁爾斯說。接著他又說，「寶拉，妳走不走？」

「我要你聽完這個故事，」摩根提高了嗓門。「如果你不聽這個故事，就是侮辱摩根太太，也就是侮辱了我們兩個人。」摩根握緊菸斗。

「邁爾斯，拜託啦，」寶拉熱切的說。「我想聽。聽完就走好嗎，邁爾斯？拜託啦，親愛的，再坐一下下。」

邁爾斯看著她。她動了動手指，彷彿在向他打暗號。他猶豫了一會，在她身旁坐了下來。

摩根太太開始了。「在慕尼黑的某天下午，我和艾格去了鐸特孟得博物館。那年秋天博物館舉辦了包浩斯②建築設計特展，艾格說管他三七二十一，休個假去看吧——你們知道，因為他正在做研究——管他三七二十一，休個假去看吧。我們搭車穿過慕尼黑到達博物館。花了好幾個小時看展覽，還舊地重遊，參觀了之前到過的幾個畫廊，只為了向我們最愛的幾位大師致敬。臨走的時候我去上洗手間，結果把小包包弄丟了。包包裡有艾格前天才從國內寄來的月薪支票，和我準備連同支票一起存進銀行的一百二十塊現鈔，另外還有我的身分證件。一直到回到家，我才想起這個包包，艾格立刻打電話給博物館。就在他跟館方的負責人說話的時候，我瞧見門口停下一輛計程車，從車裡出來一個穿著體面的白髮女人。她挺胖的，手裡拿著兩個包包。我趕緊叫住艾格就去開門。那女人自我介紹說她是愛登波洛夫太太，她把我的包包交給了我，她說當天下午她也在參觀博物館，在上洗手間的時候，發現垃圾桶裡有個包包。為了追查物主是誰，她理所當然的打開了包包。那些身分證件明白的提供了我們在當地的住址。她立刻離開博物館叫了計程車，親自把包包送過來。艾格的支票還在，可是那一百二十塊錢現鈔沒了。無論如何，我還是很感激她，至少別的東西原封不動全都在。那時候將近四點，我們請那女人留下來一起喝下午茶。她坐下了，坐了一會兒，她開始跟我們聊起她自己的事。她生長在澳洲，很年輕就結婚了，生了三個孩子，全是男孩，後來守寡了，仍舊跟兩個兒子住在澳洲。他們飼養綿羊，有兩萬多英畝的土地放牧羊群，每年固定的一些時間，會有許多趕羊到市集做買賣的人和剪羊毛的人來幫忙打工。這次會來我們在慕尼黑的家，是剛巧從英國回澳洲的路上。她去英國看她最小的兒子，他是個律師，也就是在她正要回澳洲的時候遇上了我們，」摩根太太說。「她一路上走走玩玩，行程表上還有

②Bauhaus，德國著名建築藝術學院，對現代建築風格影響深遠。

好多地方要去呢。」

「快說重點吧，親愛的。」摩根說。

「好。事情是這樣的，邁爾斯先生，我直接切入高潮，照你們作家的說法。突然間，就在我們愉快的聊了一個小時之後，在那女人聊完了自己的過去和她在澳洲的種種冒險生活之後，她起身告辭。就在她把杯子遞給我的那一刻，她的嘴巴張開，杯子掉了下來，然後倒在我們的沙發上，死了。就在我們的小客廳。這真是我們這輩子最最驚嚇的一刻了。」

摩根嚴肅的點著頭。

「天哪！」寶拉說。

「命運送她來德國，死在我們家小客廳的沙發上。」摩根太太說。

邁爾斯開始大笑。「命運……送……她……來……死……在……你們家……客……廳？」他笑得上氣不接下氣。

「這好笑嗎，先生？」摩根說。「你覺得這很好笑嗎？」

邁爾斯點頭。他繼續的笑，並拿襯衫袖子擦拭眼睛。「真的很抱歉，」他說。「我實在忍不住。這句『命運送她來德國，死在我們家小客廳的沙發上。』對不起。然後呢？」他好不容易正經的說。「我很想知道後來怎樣了。」

「邁爾斯先生，當時我們不知道該怎麼辦，」摩根太太說。「這個驚嚇真是可怕到了極點。艾格試試她的脈搏，毫無生命跡象。她的顏色也開始變了。她的臉和手漸漸變成灰色。艾格拿起電話準備叫人，忽然又說，『打開她的包包，看能不能找到她住的地方。』這一整段時間我一直避開視線，不去看倒在沙發上那個可憐的人，我拿起她的包包。你知道我看到了什麼嗎，你知道當時我有多驚訝多困惑嗎，困惑到無話可說，包包裡我看見的第一樣東西，就是我的一百二十塊錢，照舊用迴紋針夾著。我從來沒有這樣震驚過。」

「還有失望，」摩根說。「別忘了這點，是徹底的失望。」

邁爾斯傻呵呵的笑著。

「如果你真是一個作家，如你所說的，邁爾斯先生，你就不會這樣笑了。你會盡量的想要了解這件事，你會追根究柢，探索那個可憐人的內心世界。你根本不是個作家，先生！」

邁爾斯繼續呵呵傻笑。

摩根一拳敲在咖啡桌上，震得杯墊上的杯子一陣亂響。「真實的故事就攤在這裡，就在這棟屋子，就在這間客廳，現在是說出來的時候了！真實的故事就在這裡，邁爾斯先生。」

摩根在那些鮮豔的包裝紙上面走來走去，包裝紙沒捲攏，這會兒全部攤開在地毯上。他停下來怒視著邁爾斯，只見邁爾斯支著前額笑到全身晃動。

「考慮一下這層可能性，邁爾斯先生！」摩根尖著聲音吼。「考慮一下！一個朋友——我們姑且叫他甲先生吧——他跟……乙先生和乙太太是朋友，跟丙先生丙太太也是朋友。不幸的是，乙先生夫婦和丙先生夫婦彼此並不認識。我說不幸，是因為如果這兩對夫婦彼此認識，這個事件就不會存在了，因為它根本就不會發生。好，甲先生知道乙先生和乙太太要去德國待一年，這段期間他們不想讓房子空著，要找個人住進來。丙先生和丙太太正在找合適的住處，甲先生就告訴他們說，他知道有個地方很合適。可是在甲先生還來不及讓丙先生夫婦跟乙先生夫婦聯絡之前，乙先生他們提早走了。出租房屋的事便全部託付給身為朋友的甲先生，房子租給誰完全由他決定，這裡面當然包括了乙先生和乙太太——呃，我說的是丙。好，這……丙先生和丙太太就搬進來住了，還帶了一隻貓，這是乙先生和乙太太後來從甲先生寫的信裡得知的。儘管租約上明白寫著，由於屋主乙太太有氣喘病，嚴禁攜帶貓或其他寵物進入屋內，丙先生和丙太太照樣把貓帶進屋子。這個『真實』的故事，邁爾斯先生，就存在我剛才描述的情況裡面。丙先生和丙太太——我說的是，乙先生和乙太太住進丙的屋子，應該這麼說，侵入丙的屋子。睡在丙的床上是一回事，打開丙的私人櫥櫃，穿用他們的衣物，任意損毀他們的東西，那就是不道德，就是違反租約。而『這對』夫婦，就是那對丙，他們打開箱子上註明了『請勿開啟』的廚房用具，還打破盤子，這也有規定，這在租約上也有規定，他們不可使用屋主的，就是丙私人的，我強調是『私人』的物件③。」

摩根的嘴唇發白。他繼續在包裝紙上走來走去，不時的停下來吹鬍子瞪眼的看著邁爾斯。

「還有浴室裡的東西，親愛的——別忘了浴室裡的東西，」摩根太太說。「用丙的毛毯被單已經夠糟糕的了，可是連浴室裡的東西也動過了，甚至還把閣樓上藏的一些私人物件也亂翻一通，這真是太過分了。」

「這是真實的故事，邁爾斯先生。」摩根說。他努力想要填充他的菸斗，可是兩隻手卻一直抖，菸草撒到了地毯上。「這是一個等著人來寫的真實故事。」

「而且不需要勞動托爾斯泰來說。」摩根太太說。

「不需要托爾斯泰。」摩根說。

邁爾斯大笑。他和寶拉同時從沙發站起來往門口走。「晚安。」邁爾斯快活的說。

摩根跟在他後面。「如果你真是一個作家，先生，你會把這個故事寫成文字，不會畏首畏尾的躲它。」

邁爾斯只是一個勁的大笑。他搭著門把。

「還有一件事，」摩根說。「我本來不想提的，但是對照你今天晚上在這兒的舉止行為，我決定要說出來，我那兩張一套的『爵士樂』不見了。這套唱片有非常大的紀念價值。

③這整段說詞中的人物甲乙丙常常搞混，作者似有意藉此表現說話者的氣憤。

是我在一九五五年買的。今天我一定要你告訴我這套唱片究竟到哪去了！」

「平心而論，艾格，」摩根太太邊幫忙寶拉穿上大衣邊說。「那次清點過唱片之後，你自己說過，已經想不起哪時候見過這兩張唱片了。」

「我現在非常確定，」摩根說。「我百分百肯定在我們離開之前，我還見過那套唱片，現在，哪，我倒要這位『大作家』確確實實的告訴我它們的下落。邁爾斯先生？」

然而邁爾斯已經到了門外，牽著他太太的手，沿著走道急匆匆的走向車子。他們的聲音驚動了巴奇。那隻狗帶著懼意的吠著，跳到一旁。

「我要一個答案！」摩根大喊。「我在等啊，先生！」

邁爾斯等寶拉上了車，立刻發動引擎。他又看了一眼站在門廊上的那對夫婦。摩根太太揮揮手，然後和艾格．摩根回到屋裡關上了門。

邁爾斯把車開上大馬路。

「這些人有病啊。」寶拉說。

邁爾斯拍拍她的手。

「真可怕。」她說。

他沒回答。她的聲音似乎是從很遠的地方傳過來的。他繼續開著車，雪花衝撞著擋風玻璃。他沉默的望著路面，看到了故事的結尾。

17 鴨子

午後起風，帶來了陣陣急雨，成群的鴨子像炸彈開花似的竄出湖面，往林地裡找尋安靜的窟窿避雨。他在房子後面劈木柴，看見那些鴨子穿過公路進入樹林後面的濕地。他看著那些成群結隊的鴨子，大部分是兩隻一組，一組跟著一組。湖那邊天已經黑了還起霧，他看不見對岸，工廠就在那兒。他加快速度，把鐵楔子用力劈進乾燥的大木塊裡，劈得又重又深，一些腐朽的部分被震得四散飛開。他妻子的曬衣繩就綁在兩棵糖松之間，晾著的被單和毯子在風中劈哩啪啦的有如槍響。他來回兩趟，趕在下雨之前，把所有的木頭全搬上了前門廊。

「吃晚飯了！」她在廚房大喊。

他走進來洗手洗臉。兩個人邊吃邊聊，聊的多半是里諾的行程。打三天工，之後是發薪日，接著是在里諾度週末。晚餐後，他走到前門廊動手裝誘餌，見她走出來他停了手，她站在門口看著他。

「早上又要去打獵啊？」

他略過她望向那湖。「看天氣吧。早上大概會是好天氣。」她的被單在風中翻飛，有一條毯子落到了地上。他朝那毯子點一下頭。「妳那些被子都被打濕了。」

「反正，本來就沒乾，在外頭曬了兩天還是沒乾。」

「怎麼了？不開心嗎？」他說。

「沒有啊。」她回到廚房關起門，透過窗戶看著他。「我只是討厭你一天到晚都不在家。老是一天到晚不在家。」她對著窗戶說。她的氣息哈在玻璃上，一會兒就不見了。他走進屋裡，把誘餌擱在角落，再去拿他的便當盒。她挨著碗櫥，兩手搭在瀝水板上。他摸摸她的屁股，擰擰她的衣服。

「等我們去里諾，就可以好好開心的玩一玩。」他說。

她點點頭。廚房裡很熱，她眼睛上面有小小的汗珠。「你回來的時候，我會起床幫你做早餐。」

「妳睡吧，我寧願妳多睡一會兒。」他伸手到她背後取便當盒。

「吻我一下再走吧。」她說。

他摟著她。她勾緊了他的脖子抱著他。「我愛你。小心開車。」

她走到廚房窗口看著他跑著跳著，越過一個個小水坑直奔招呼站。他從計程車裡回頭望時，她揮了揮手。天快黑了，雨下得好大。

§

她坐在客廳窗戶旁聽著收音機和雨聲的時候，瞧見計程車的車頭燈轉上了車道。她立刻跳起來趕到後門。他在後門口站著，她用手指摸著他濕濕的雨衣。

「他們叫大家回家。工廠裡的領班心臟病發作，直接倒在廠房的地板上死了。」

「你嚇死我了。」她把他的便當盒接過來關上門。「是哪個？是不是那個叫梅爾的領班？」

「不是，他的名字叫杰克．葛蘭傑，大概五十歲上下吧，我猜。」他走近煤油爐子，站在那裡暖手。「咳，真是太怪了！他才走過我幹活的地方問我工作的情形，大概過了不到五分鐘，比爾．貝西過來對我說，杰克．葛蘭傑死在廠房裡了。」他猛搖頭。「就這麼簡單。」

「別去想它了。」她把他的手捧在自己的手中，揉搓著他的指甲。

「沒事啦，只是事情來得太突然，想都想不到。」

雨打著屋子，撲著窗戶。

「天哪，這裡真熱！有沒有啤酒？」他說。

「大概還剩一些吧。」她說著跟隨他走出廚房。他坐下來，頭髮還濕著，她的手指理著他的頭髮。然後她為他開了一罐啤酒，也給自己杯子裡倒了些酒。他坐在那裡，小口啜飲著酒，眼睛望向窗外的那片密林。

他說，「有人說他有太太和兩個已經長大的孩子。」

她說，「葛蘭傑這個人真的很不幸。你能回家真好，可是我不喜歡是因為出了這種狀況。」

「我跟那幾個弟兄就是這麼說的。我說能回家真好，咳，可我不喜歡因為出了這種事。我看大多數人還想繼續上工，廠房裡有幾個弟兄不願意，說看著他攤在那兒沒辦法安心工作。」他喝光了啤酒站起來。「說真的——不上工我很高興。」他說。

她說，「我也很高興。今晚你出門的時候我就有一種怪怪的感覺。剛才我正想著那種怪怪的感覺，就看到了車燈。」

「昨天晚上，他還在員工餐廳裡說笑話呢。葛蘭傑是老好人一個，總是笑嘻嘻的。」

她點點頭。「想吃點什麼我去幫你做。」

「我不餓，但吃一點也無妨。」他說。

他們坐在客廳手牽手的看電視。

「以前我從沒看過這些節目。」他說。

她說，「現在我都不怎麼愛看了。沒什麼可看的。星期六星期天還好，平常一到五晚上根本沒什麼好看的。」

他撐開腿往後靠。他說，「我有些累，想去睡了。」

她說，「我去洗個澡也要睡了。」她的手指順著他的頭髮落下來，撫摸他的脖子。「今晚我們或許可以『來』一下。我們好久都沒機會『來』一下了。」她另一隻手摸向他的腿膀，一面湊上去吻他。「你說呢？」

「好像不錯哦。」他說。他站起來走到窗前。除了窗外的樹，他還看見窗戶上映著站在他身後的她，和一些別的東西。「寶貝，妳先去洗個澡吧，我們睡覺去。」他說。他繼續站在那裡看著雨水打著窗戶。他瞄了一眼手錶，如果是在上班，現在該是午休的時候了。他走進臥室，開始寬衣。

他穿著家居褲，走回客廳，從地板上撿起一本書——《最受美國人喜愛的詩》，他猜想這是她參加的那個讀書會寄來的。他檢查一遍屋子，關了燈，再回到臥室。他鑽進被子，把她的枕頭放在他的枕頭上，把床頭燈扭過來讓光線整個打在書頁上。他拿起詩集翻到中間，看了幾首詩，又把書擱在床頭櫃上，再把檯燈轉向對著牆。他點起一支菸，胳臂枕在腦袋底下，就這樣躺著吸菸，筆直望著前面的牆壁。燈光把灰泥上的細紋和隆起的疙瘩照得一清二楚。靠近天花板的一個角落，有一張蜘蛛網。他可以聽見雨水沖刷著屋頂的聲音。

她站在浴缸裡擦乾身體，發現他正盯著自己看，她笑咪咪的把毛巾往肩膀上一披，在浴缸裡擺了個姿勢。

「怎麼樣？」

「很好。」他說。

「那就好。」她說。

「我還以為妳還在……妳知道我的意思。」他說。

「我是啊。」她擦乾了身體，把毛巾拋到浴缸旁邊的地上，姿態優雅的踩上去。她身旁的鏡子都覆著霧氣，她身上的香味吸引著他。她轉個身搆到架子上取下那個盒子，然後很快的繫上帶子，調整一下白色的護墊。她不停地看著他，不停地保持微笑。他熄了香菸，重新拾起那本詩集。

「你在看什麼？」她大聲問。

「我不知道，亂看一遍吧。」他說。他翻到書背看作者簡介。

她關了燈，邊走出浴室邊梳頭。「你明天早上還要去嗎？」她說。

「大概不會吧。」他說。

她說，「真令人開心。我們可以睡到很晚才起床，再吃一頓豐富的早餐。」

他伸手去拿第二支菸。

她把刷子放進一個抽屜，再打開另一個抽屜取出睡袍。

「你還記得買這件給我是什麼時候嗎？」她說。

他看著她沒給答案。

她轉向他睡的這一邊。兩個人安靜的躺了一會兒，他繼續抽菸，抽完的時候他點點頭，她幫他把菸蒂熄了。他探出手摟住她，親親她的肩膀，關了燈。「妳知道的，」他躺平了說，「我一直很想離開這兒，到別的地方去。」她貼近他，把一條腿伸進他的兩腿之間。他們面對面的躺著，兩個人的嘴也幾乎碰上了。他很懷疑自己的氣息會不會跟她一樣清新。「我就是想離開。我們在這兒待太久了，我很想回家去看看家人。或者去奧勒岡。那是個不錯的地方。」

「如果你有這個想法就隨你吧。」她說。

「我是這個想法，」他說。「有好多地方可以去。」

她稍微移了移身子，拿他的手放在她的胸脯上。她張開嘴親吻他，另一隻手扳住他的頭。她在床上慢慢的挪動著，溫柔的把他的頭扳向她的胸部。他邊摸著乳頭邊用他的嘴撫弄著，他盡力去想自己有多愛她或者是否愛過。他聽見了她的呼吸聲，同時也聽見了雨聲。他們就這樣躺著。

她說，「如果你不想要，沒關係。」

「不是為了這個。」他說，但是連自己也不明白這話的意思。

§

確定她已睡著後，他放開了手，側身躺回自己睡的那一邊。他努力的去想里諾，努力的去想吃角子老虎，想那些擲出去的骰子在燈光下翻滾的樣子。他努力的去聽那小圓球在閃亮的輪盤上彈跳的聲音。他努力的看啊看、聽啊聽，聽見鋸子和機器的聲音緩慢下來，最後完全停止。

他下了床走到窗口。外面很黑，什麼也看不見，甚至連雨也看不見。可是他聽得見聲音，雨水打在屋頂上，落進窗子底下的小水窪裡，他聽得見滿屋子的雨聲。他用手指畫著窗玻璃上的口水印。

他回到床上，擠著她，手按著她的屁股。「寶貝，醒醒。」他輕輕的說。但她只稍稍動了一下，更朝她睡的那一邊靠過去，又繼續睡。「醒醒啊，」他輕輕的說，「我聽見外面有聲音。」

18 這個好不好？

遠離塵囂的樂觀心情現在全沒了，就在他們開車穿過黑暗的紅杉林往北走的第一個黃昏裡，全部消失。現在，不管是起伏的牧草地、牛群，還是華盛頓州西邊偏遠孤立的農舍，都引不起他的興致，他真正想要的不是這些。他期盼一些不同的東西。帶著不斷升高的無望和不爽，他繼續開著車向前行。

他保持時速五十，按照這條路的限速行駛。汗水聚積在他的額頭和人中，周圍的空氣裡瀰漫著刺鼻的苜蓿味。地形開始改變：公路忽然往下降，過了一個涵洞，又突然的升起來，接著柏油路面沒了，換成一條鄉間的泥巴路，車子後面揚起一陣驚人的土塵。他們經過一幢隱蔽在楓樹林間、幾乎燒成廢墟的老屋，艾蜜麗摘下墨鏡，傾身向前，仔細觀看。

「這就是老歐文他們家，」她說。「他跟爸爸是好朋友。他在閣樓上有一個蒸餾室，還養了一整組的拉車馬，他帶著牠們跑遍所有的展覽會場，挺出鋒頭的。大概在我十歲那年，他死於盲腸穿孔，隔年的聖誕節這房子失火了。在那以後，他們就搬去布雷莫登了。」

「是嗎？」他說。「聖誕節。」接著：「現在我該向右還是向左轉？艾蜜麗？右還是左？」

「左，」她說。「向左。」

她重新戴起墨鏡，不過一會兒又摘了下來。「繼續往前開，哈利，一直開到下一個十字路口，然後右轉，就不遠了。」她穩穩的吸著菸，一根接著一根，靜靜的望著窗外開墾的田野，望著一株株孤單佇立的樺樹，望著避風雨的小屋。

他換檔，向右轉。道路逐漸通往一個林蔭茂密的山谷。前方，遠遠的──他想應該就是加拿大了──他看得見一重又一重的山脈，在重山之後又是一排更暗、更高的山脈。

「有一條小路，」她說，「在谷底。就是那條路。」

他小心謹慎的轉彎，慢慢開上滿是車輪印子的小路，等待著那棟屋子的出現。艾蜜麗坐在他身旁，顯得有些浮躁，他看得出來。她依舊抽著菸，同樣在等待著那驚鴻的一瞥。幾根粗矮的枝椏撲到擋風玻璃上，他忍不住眨了眨眼睛。她略微的湊近身子，一手碰觸著他的大腿。「就是那，」她說。他把車速減慢到幾乎完全停住，左手邊的草叢冒出一個清澈的小水潭，他慢慢的駛過，順著小路往上爬，一路上大片的山茱萸不斷的刮擦著車身。「到了。」她移開了搭在他腿上的那隻手。

他胡亂的瞥了一眼，繼續專注的盯著路面。把車停在靠近前門的位置後，他才仔細看那屋子。他舔舔嘴唇，轉向她擠出一個笑容。

「好了，我們到了。」他說。

她在看他，沒在看那屋子。

哈利一直住在都市裡——過去這三年住舊金山，在這之前則是住在洛杉磯、芝加哥和紐約。長久以來他老想搬去鄉下，去鄉下找個地方。起初他並不太清楚自己究竟想去哪，他只知道想要離開都市重新開始。他心中的想法就是要一個簡單的生活，反璞歸真，他說。他三十二歲，可以算是一個作家，同時也是演員和音樂家。他吹薩克斯風，偶爾跟灣城樂團一起演出。現在正在寫他的第一本小說，這本小說從他住紐約那時候起就開始寫了。三月某一個冷颼颼的星期天下午，他又開始談起這個話題，想要改變，想要去鄉下過一種率真簡單的生活。她隨口提起，最先只是開玩笑的口吻，說她父親在華盛頓州西北邊有間荒廢的空屋。

「天哪，」哈利當時說，「不會吧？勤儉度日，我是說，住在鄉下？」

「我在那裡出生，」她哈哈大笑著說。「記得嗎？以前我一直住在鄉下。挺不錯的，好處多多。我可以再回那兒住，只是不知道你行不行，哈利，要是這真的對你有益的話。」

她還在看著他，這會兒眼神認真起來了。他覺得她最近老是在看著他。

「妳不會後悔吧？」他說。「放棄這兒的一切？」

「我哪有什麼不好放棄的，你說是嗎，哈利？」她聳聳肩。「不過我並不鼓勵你這個想法。」

「妳能在那兒畫畫嗎？」他問。

「我在哪都能畫，」她說。「白令漢那邊有一所大學，」她說。「另外溫哥華或是西雅圖也有。」她繼續看著他。她坐在凳子上，面前是一幅畫著一男一女的半成品畫像，她手裡把玩著兩支畫筆。

那是三個月前的事了。之後他們不斷的談、不斷的討論，現在他們來了。

他敲敲前門口的牆壁。「結實。地基很結實。地基結實是最重要的。」他迴避著不去看她。她太敏銳了，很可能會從他眼裡讀出些什麼。

「我告訴過你別期望太高。」她說。

「是啊，妳說過。我當然記得，」他說，還是不看她。他用指節再敲了一次光禿禿的牆板，走到她身邊。下午又悶又熱，他的襯衫袖子捲了起來，底下穿著白色的牛仔褲和涼鞋。

「好安靜，是吧？」

「跟都市很不一樣。」

「天哪，真是……也很美。」他努力微笑。「只需要稍微整修一下。稍微的整修。如果住下來是個很不錯的地方。鄰居也不會來煩我們。」

「我小時候這裡有不少鄰居，」她說。「你要拜訪得開車過去，不過他們確實都是鄰居。」

門歪歪斜斜的開著。頂上的鉸鏈鬆了：這沒什麼，哈利推斷著。他們慢慢的從一間房走到另一間房。他努力遮掩他的失望，再連續敲了兩次牆，說上一句「結實」，或者「現在的房子沒這個蓋法了，這樣的房子非常實用啊」。

她停在一個大房間前面，深深的吸了一口氣。

「是妳的？」

她搖頭。

「我們可以向妳愛琪姑媽那兒借一些必需的家具用品，對吧？」

「對，什麼都可以，」她說。「前提是，我們得真的有這個打算住在這兒。我不想勉強你。現在回去還不晚，沒有任何損失。」

他們在廚房裡發現一個炭爐和一塊貼靠著牆壁的床墊。再回到客廳，他四處看了看說，

「我以為會有壁爐。」

「我從沒說過有壁爐。」

「只是我印象中好像應該有一個……也沒排氣口。」過了一會兒他說。接著他又說：

「沒電啊！」

「也沒廁所。」她說。

他潤著嘴唇。「唔，」他轉開去查看角落的某樣東西，「我想我們可以在其中一間房間裡裝個澡盆之類的，找個人來接水管。這電又是另外一回事了，對吧？我的意思是，所有的事情總要想個辦法解決。一次一件，對吧？妳覺得呢？我們……我們別讓這些事情打敗，好嗎？」

「我只希望你閉上嘴別說話。」她說。

她轉身走到屋外。

一分鐘後他跳下台階，做一次深呼吸，兩個人同時點上菸。草地盡頭出現一群牛，慢慢的、靜靜的遁入了樹林。他們倆朝著穀倉走去，不時的停下來查看一些枯萎的蘋果樹。他掰了一根乾掉的小樹枝，在手裡翻過來轉過去，她站在他旁邊抽菸。安詳寧靜，鄉下多多少少總有些可取的地方，似乎有一種永恆不變的東西，一種屬於他的，真正的永恆，這種感覺令他十分愉快。他突然愛戀起這片小小的果園。

「這些可以再開花結果的，」他說。「只需要水和細心的照料。」他似乎看見自己從屋子裡出來，手提著柳條籃，摘下好多又大又紅的蘋果，上面還沾著朝露呢，他知道就是這個念頭令他心動了。

他們走近穀倉的時候，他的心情轉好了。他粗略的看了看門上釘著的一些舊車牌，都是華盛頓州的，有綠色、黃色、白色，現在都生鏽了，從一九二二、二三、二四、二五、二六、二七、二八、二九、三四、三六、三七、四〇、四一到一九四九；他研究那些年份，彷彿從這些順序當中可能透露出什麼密碼似的。他轉動門閂，又拉又推的推開了那扇厚重的大門，裡面的空氣是久沒使用的味道。他肯定那不是一種愉快的氣味。

「冬天這裡常常下雨，」她說。「我記得以前六月從沒像現在這麼熱過。」陽光從屋頂的裂縫透了下來。「有一回爸爸在不當的季節射殺了一隻鹿。當時我大概——記不太清楚了——八、九歲吧。」她轉身向著他，他停在門邊看著掛在釘子上的一副舊馬具。「爸爸拖著鹿進穀倉的時候，狩獵巡查的車剛到我們家院子。媽媽叫我來這兒找爸爸，那個巡查是，一個戴帽子的超級大塊頭，跟著我。爸爸提著一盞燈，從閣樓下來。他和巡查談了幾分鐘。那隻鹿就掛在那兒，那巡查並沒有說什麼。他遞給爸爸一口菸草，爸爸拒絕了——他從來不喜歡嚼那個東西，就算在當時他也不肯接受。後來那巡查拉了一下我的耳朵就走了。可是我根本不愛去想那些事，」她很快的補上這一句，「多少年都沒想過了。我不喜歡做比較，」她說。「就是不喜歡。」她說。她搖著頭往後退。「我不會哭的。我知道那聽起來很情緒化很蠢，可現在弄得這樣情緒化又蠢，真的很抱歉。可是事實上，哈利……」她再度搖頭。「我不知道。也許回來這裡是一個錯誤。我可以感覺出你的失望。」

「妳不知道。」他說。

「沒錯。我不知道，」她說。「對不起，我真的不是刻意要影響你。我想你應該不會要住下來的。是吧？」

他聳了聳肩膀。

他抽出一根菸，她接過去拿著，等著點火，等著他的眼光越過火苗跟她的眼光相遇。

「我小時候，」她繼續說著，「希望長大後能進馬戲團。我不想當護士或是老師，或者畫家。那時候我不想當畫家。我只想做艾蜜麗．郝納，走鋼索的藝人。這是我的大志向。我就在這個穀倉裡練習，在這些橫梁上走來走去的練，我走了不下幾百次。」她似乎打算說一些別的事，卻只是噴了口菸，用腳跟踩熄了菸蒂，仔細的把它壓進泥土裡。

穀倉外有一隻鳥在叫，忽然他聽見上層的隔板有急促的腳步聲。她閃過他，走進陽光裡，慢慢的穿過濃密的草叢走向屋子。

「我們怎麼辦呢，艾蜜麗？」他在她後面叫喚。

她停住，等他上前走到她身邊。

「活下去啊，」她說。她要笑不笑的搖搖頭，碰一下他的手臂。「哎，我看我們是遇到瓶頸了，是吧？我只能這麼說，哈利。」

「我們得做個決定。」他連自己也搞不清他說這話的意思。

「由你決定吧，哈利，是你還沒做好決定。現在要看你的決定了。只要你覺得方便，我隨時可以回去。我們可以去愛琪姑媽家住一兩天再回家。好不好？不過先給我一根菸吧？我要進屋裡去了。」

他靠近她，忽然覺得應該擁抱一下，他有這個念頭，可是她一點也不動，只是定定的看著他，他只好用食指碰碰她的鼻子說，「待會兒見。」

他目送她走開，看看手錶，轉身，以散步的方式越過牧草地走向樹林。濃密的牧草高過他的膝蓋。然而就在他進入樹林之前，草叢開始稀薄了，他發現隱約有一條小徑。他揉揉墨鏡底下的鼻梁骨，回頭看了看屋子和穀倉，繼續向前走，走得很慢。一窩蚊子隨著他的腳步在他頭上移動。他停下來點支菸，揮開那些蚊子。他再往回看，現在看不見屋子和穀倉了。他站在那兒抽菸，漸漸感受到林間草叢和後面樹蔭裡延伸過來的寂靜。這不就是他一直渴望的嗎？他繼續走著，想找個地方坐下來。

他靠著樹再點起一支菸，從兩腿之間的軟泥地上，撿起了一些木片。他抽著菸，想起在後座上擱著一套蓋爾德羅德的劇本①，想起早上開車過來的路上經過的一些小鎮——芬戴爾，林登，科斯特，努克塞克。他突然想起了廚房裡的那張床墊。他知道這件事令他害怕。

①Michel de Ghelderode，一八九八—一九六二，比利時劇作家。

他試著想些別的，想著艾蜜麗走在穀倉的橫梁上。這也令他感到害怕。他抽著菸，覺得自己非常冷靜，所有的事情都考慮過了。他不要住在這裡，他知道，但他並不因此而懊惱，反倒因了解自己而高興。他沒事的，他確定。他才三十二歲，不算太老，眼前只是剛好卡在關卡上。他承認這一點。他想，畢竟人生就是這樣，不是嗎？他捻熄了香菸。不過一會兒他又點起了一支。

他繞到屋子的一角，看見她剛做完一個側翻的動作。她輕巧的落地，略微的屈著膝，她看見了他。

「嘿！」她喊著，很端莊的笑著。

她用前腳掌撐起身子，兩條手臂伸過頭頂，向前傾，在他的注視下，連翻了兩個側翻，然後她叫著，「好不好？」她兩手輕輕的一撐，平衡住自己，抖抖閃閃的朝他的方向走過來。她滿臉通紅，上衣飛到下巴上，兩條腿晃個不停地走到他跟前。「決定好了嗎？」她拚命的喘著。

他點點頭。

「結果是？」她說，一邊轉著肩膀活動一下背部，抬起一隻手臂遮擋陽光，看起來彷彿是在凸顯她的胸部。

她說，「哈利。」

他用最後一根火柴點著菸，手開始發抖。火柴熄了，他站在那兒握著空的火柴盒和香菸，眼睛望著青青草地盡頭那一片無際的樹林。

「哈利，我們要彼此相愛啊，」她說。「我們一定要相親相愛啊。」她說。

19 父親

嬰兒躺在床邊的搖籃裡，套著白色的小帽子和睡袋。搖籃新上了漆，綁著淺藍色的緞帶，墊著藍色的拼花被。三個小姊妹和剛剛能夠下床、還沒有完全復原的母親，加上祖母，全都圍繞著嬰兒，看著小傢伙睜著眼，不時的舉起小拳頭搆到小嘴邊。他不笑，微笑大笑都不會，只有在哪個小姊姊摸他臉頰的時候，會眨眨眼，小舌頭伸啊伸的。

父親在廚房裡，聽著他們在逗弄嬰兒。

「你愛誰啊，貝比？」菲麗絲呵著他的小臉蛋說。

「他愛我們大家，」菲麗絲說，「不過他最愛爸爸，因為爸爸也是男孩！」

祖母坐在床沿說，「你看看那小胳臂！肥嘟嘟的。還有那些手指頭！跟他媽媽一個樣。」

「好可愛啊，是吧？」那母親說。「他是那麼的健康，我的小寶貝。」說著她彎下腰，親吻著嬰兒的額頭，替他蓋好被子。「我們大家也都愛他。」

「他像誰呢，他到底像誰呢？」愛麗絲叫著，大夥全部湊近搖籃看嬰兒長得像誰。

「他眼睛好漂亮。」卡洛說。

「『所有的』寶寶眼睛都漂亮。」菲麗絲說。

「他有他爺爺的嘴，」祖母說。「你看看那嘴唇。」

「我不知道耶……」母親說。「還好吧。」

「鼻子！鼻子！」愛麗絲喊著。

「他的鼻子怎麼了？」母親問。

「跟某個人的鼻子好像哦。」小女孩回答。

「不會吧，」母親說。「我不覺得。」

「這小嘴唇……」祖母嘟囔著。「這小小的手指頭……」她掀開被子，把嬰兒一隻手攤開來。

「這寶貝到底像誰啊？」

「他誰也不像。」菲麗絲說。她們幾個湊得更近了。

「我知道了！我知道了！」卡洛說。「他像爸爸！」於是她們更仔細的看著嬰兒。

「那爸爸像誰呢？」菲麗絲問。

「爸爸像誰呢？」愛麗絲重複問一遍，幾個人立刻朝廚房看，那父親背對著她們坐在餐桌旁。

「咦，沒人耶！」菲麗絲說著哭了起來。

「噓，」祖母別開視線，然後再回到嬰兒的身上。

「爸爸『誰』也不像！」愛麗絲說。

「他總會像『誰』吧。」菲麗絲用一條緞帶擦著眼睛說。所有的人，只有祖母看著那父親，看他坐在餐桌旁。

他在椅子上轉過身來，他的臉很白很白，臉上毫無表情。

20 真的跑了那麼多里程嗎？

實情就是這輛車得趕緊賣掉。李奧派彤妮去辦這件事，因為她既聰明又有個性，經常挨家挨戶的推銷兒童百科全書。就連當年，李奧自己也簽了訂單，雖然他沒有小孩。後來李奧約她見面，那個約會就產生了現在這個景況。總之，這樁交易必須付現金，而且必須在今晚搞定，因為明天他們的債主就要在這車上貼限制令了。星期一他們上法庭，應該過得了關——但是昨天隨著律師函的出現，關於他們的各種謠言便跟著傳開了。星期一的聽證會不必擔心，律師說過，到時候會向他們提問幾個問題，要他們簽幾張文件，如此而已。不過這台敞篷車非賣不可，他說——就在今天，「就在今夜。」他們可以保留小車，李奧的車，這沒問題。可是，這台大敞篷車進了法院，鐵定會被沒收，就這麼簡單。

彤妮梳妝打扮。時間是下午四點。李奧擔心那些賣場快要打烊了，彤妮卻慢條斯理的穿戴著。她穿上新的白上衣，有著蕾絲花邊袖口，兩件式的新套裝，新的高跟鞋。她把原來編織包包裡的東西全部移到新的漆皮手提袋裡。她對著那只蜥蜴皮的化妝包研究了一會，也一併放了進去。彤妮在頭髮和臉上足足花了兩個小時。李奧站在浴室門口，用指節敲著嘴唇，目不轉睛的看著她。

「你讓我好緊張哦，」她說，「你最好別老站在那兒，」又說，「你看我這樣還可以嗎。」

「很好看，」他說，「好看得不得了。妳任何時候叫我買車我都願意。」

「可惜你沒錢，」她從鏡子裡瞄著他說。她按了按頭髮，眉頭一皺。「你的信用太差了，誰理你啊！」她說。「逗你玩的，」她邊說邊看著鏡子裡的他。「別當真啊，」她說。「該辦的事，我就得去辦。你抽你那份，能拿回個三四百，就算運氣不錯了，我們兩個心知肚明。寶貝，你不付錢給『他們』就算上上大吉了。」她對頭髮做最後一次整理，嘶嘶嘴唇，再拿面紙抿一下口紅。她離開鏡子，拿起皮包。「我還要吃個晚飯什麼的，這我都告訴過你了，他們辦事的方式就是這樣，我很清楚。別擔心，我會脫身的，」她說，「我應付得了。」

「天哪，」李奧說，「妳非說出來不可嗎？」

她定定地看著他。「祝我好運吧。」她說。

「祝妳好運，」他說。「妳帶了那張粉紅單子了嗎？」

她點點頭。他跟著她穿過屋子，跟著這個個子很高、乳房小而挺、屁股和大腿都很闊的女人。他抓了抓脖子上的一粒痘痘。「妳確定？」他說。「妳再看一下，那單子一定要帶著。」

「我有帶粉紅單子啦。」她說。

「再確認一下吧。」

她想要開口說些什麼，結果只把前面的窗戶當鏡子照了照，搖搖頭。

「起碼撥個電話，」他說，「讓我知道進展如何。」

「我會的，」她說。「親一下，親一下這裡。」她指指嘴角。「自己小心囉！」她說。

他為她開了門。「妳打算從哪開始？」他說。她經過他走上前廊。

厄奈斯特．威廉在對街望著。他穿著百慕達垮褲，掛著鮪魚肚，一面朝海棠花噴水，一面看著李奧和彤妮。去年冬天過節的時候，有一次，當彤妮帶著幾個孩子去看李奧的母親時，李奧帶了一個女的回家。第二天上午九點，一個很冷又起霧的星期六，他陪那女的走向車子，厄奈斯特．威廉剛巧在人行道上，手裡拿著一份報紙。霧漫開後，厄奈斯特．威廉瞪著眼，拿起報紙照他腿上一拍，拍得極用力。

李奧記起了那一拍，他聳起肩膀，問彤妮，「妳準備先去哪一家？」

「順著路線走，」她說。「從第一家開始，一家一家的跑。」

「從九百喊起，」他說。「再慢慢往下降。就算是現金交易，九百在二手車的行情中也已經很低了。」

「我知道怎麼喊價，」她說。

厄奈斯特・威廉把水管轉向他們的方向，從噴濺的水花裡瞪著他們兩個。李奧幾乎有「告解」的衝動。

「別大意就是了。」他說。

「好啦好啦，」她說，「我走了。」

那是她的車，他們倆都管它叫她的車，但這下子把事情弄得更糟了。那是三年前那個夏天他們買的全新車。孩子們開始上學之後，她想要做點事情，於是回去做推銷的老本行。他在纖維玻璃工廠一週上六天班。有一陣子兩個人幾乎不知道該怎麼把錢花掉。後來他們買下敞篷車，先付一千塊，然後兩倍三倍的分期攤還，一年不到，尾款全部付清。今天稍早，趁她還在打扮的時候，他從車子的後車廂取出千斤頂和備胎，騰空雜物格裡的鉛筆、火柴盒、點券，再把車子裡裡外外徹底的清洗除塵。紅色的車蓋和擋泥板擦得發亮。

「祝妳一切順利。」他碰了碰她的手肘。

她點點頭。他看得出她的人和心已經離開，已經在大談價錢了。

「一切都會改觀的！」見她走上車道的時候，他放聲大喊。「星期一我們就可以重新出發了。我是說真的。」

厄奈斯特・威廉看著他們，轉頭吐了一口口水。她坐上車點起菸。

「下個星期的這個時間！」李奧再喊。「一切都將成為歷史啦！」

他揮揮手，她倒車上路，換個檔，車子往前開。她加速的時候，輪胎發出小小的怒吼。

李奧在廚房裡倒酒，帶著威士忌走到後院。孩子們都在他母親家裡。三天前來了封信，髒髒的信封上用鉛筆寫著他的名字，整個夏天唯一一封不是追討欠債的信。信上說，我們很快樂，我們喜歡奶奶，我們有一隻新的狗叫小六先生。他好乖。我們好愛他。再見。

他又倒一杯酒，加冰塊的時候他看見手在抖。他湊在水槽上握住那隻手，他對那手看了一會兒，放下杯子，換另一隻手伸出來，拿起杯子，回到屋外坐在台階上。他想起小時候，他爸爸指著一棟很漂亮的房子，高高的、白色的房子周圍有蘋果樹和一道很高的柵欄。「這是芬治他們家，」他爸爸用很羨慕的口氣說。「他至少破產過兩次。看看這房子。」破產的意思應該是一個公司徹底的垮掉了，高層主管割腕、跳樓，成千上萬的人無家可歸才對。

李奧和彤妮還可以保有家具。李奧和彤妮保有家具，彤妮和孩子保有衣物寢具，這些東西屬於免責的，不會被沒收。其他還有什麼？還有孩子們的腳踏車，其實他早就送去他母親那兒代為保管了。幾星期前來了幾輛卡車，把輕便型的冷氣機、家電用品、新的洗衣烘乾機全都載走了。其他還剩下什麼呢？這個那個，零零碎碎，都是一些早就壞了破了的東西。不過回頭想想，還曾經有過好多次大型的宴會和美好的出遊。那時開車去里諾和塔霍湖，時速飆到八十，敞著車篷，開著收音機。還有美食，這是重頭戲之一。他們毫無節制的大吃大喝，他算算光是奢侈品的開銷就幾乎上萬。彤妮進去任何店鋪，看到什麼就買什麼。「我小時候要什麼沒什麼，」她說，「我們的孩子可不能那樣。」聽起來倒像是他不准他們買似的。她還參加各式各樣的讀書會。「小時候我們哪有什麼書啊。」她一面拆開厚重的包裝一面說。為了新的音響上有音樂可放，他們參加唱片俱樂部。他們什麼都簽，什麼都參加，甚至買了一隻名叫「生薑」的純種㹴犬。他付了兩百塊美金，一個星期後在街上被車輾死了。他們要什麼買什麼，如果付不出現鈔就簽單，他們什麼都簽。

他的內衣濕了，他感覺得到腋下淌著汗水。他拿著空杯坐在台階上，看著陰影覆蓋了整個後院。他伸個懶腰，抹了把臉，聽著公路上車來車往，想著他是否該去地下室，站在洗衣槽上拿根皮帶上吊，一死了之。他知道他願意。

回到屋裡，他又倒了一大杯的酒，打開電視，胡亂弄了些東西吃。他坐在桌前，邊吃辣味脆餅邊看盲眼偵探辦案的影集。他清理好桌子，洗了鍋碗，把它們擦乾放好，這才讓自己看一看時鐘。

九點過了。她已經去了將近五個小時了。

他再倒一杯威士忌，加了些水，帶著水酒去客廳。坐上沙發，他才發現自己兩邊的肩膀很僵硬，沒辦法往後靠。他盯著螢幕喝著酒，不一會兒又去倒了一杯，再回頭坐下。新聞節目開始了——十點整——他說，「天哪，到底出了什麼事？」他進廚房再倒一些威士忌出來。他坐下，閉上眼，聽見電話響，他立刻睜開眼睛。

「我早就想打了。」她說。

「妳在哪？」他說。他聽見鋼琴的聲音，他的心一跳。

「我也不知道，」她說。「一個地方吧。我們在喝酒，過一會還要去一個地方吃晚飯。我跟業務經理一起。老粗一個，不過還好。他買了車。我要走了。我是上洗手間才看到電話的。」

「有人買了車？」李奧說。他望著廚房窗外她原來經常停車的那個位置。

「我剛才說過啦，」她說。「我得走了。」

「等等，慢著，急什麼嘛，」他說。「到底這人買了還是沒買？」

「我走開的時候他已經拿出支票簿了，」她說。「我非走不可了，我要上洗手間。」

「等一下！」他吼著。可線路斷了，他聽著電話裡的嘟聲說，「搞什麼嘛！」整個人握著話筒站在那兒。

他在廚房猛兜圈子，再走回客廳。他一會兒坐，一會兒站。他進浴室仔仔細細的刷牙，刷完了再用牙線清一遍。他洗過臉回廚房，看鐘，從繪著撲克牌的杯組裡取下一只乾淨的玻璃杯，把杯子裝滿冰塊，然後他盯著剛才留在水槽裡的杯子看了半晌。

他坐在沙發的一頭，兩條腿擱在另一頭。他看著螢幕，發現自己根本不知道那些人在說些什麼。他把空杯子拿在手裡轉著，真想把杯緣一圈給咬下來。他全身打冷顫，覺得自己應該上床睡覺，他知道他會夢見一個灰頭髮的女金剛。在夢裡他老是彎著腰在繫鞋帶，只要一站直，她就在那兒看著他，於是他又彎腰綁鞋帶。他看自己的手，那隻手在他眼前握成了一個拳頭。電話響了。

「妳在哪，寶貝？」他說得很慢、很溫柔。

「我們在餐館裡。」她說，她的聲音很響、很亮。

「寶貝，哪家餐館？」他說，用手掌近手腕的部分推揉著眼睛。

「在城中區，」她說，「好像是新吉米吧。對不起，」她在向另外一個人說，「這裡是新吉米吧？就是新吉米，李奧，」她跟他說。「一切都沒問題，我們就快結束了，他會送我回家。」

「寶貝？」他說，握著話筒貼緊耳朵，身子前前後後的晃著，眼睛閉著。「寶貝？」

「我要走了，」她說。「我早就想打給你了。先不說這些，你猜多少？」

「寶貝。」他說。

「六百二十五，」她說，「都在我包包裡了。他說現在敞篷車有行無市。我看我們是天生的好運，」她邊說邊笑，「我把所有的事情都告訴他了。我覺得不說不行哪。」

「寶貝。」李奧說。

「什麼？」她說。

「求求妳了，寶貝。」李奧說。

「他說他很能體諒，」她說，「不過他還是說了幾句。」她又笑了。「他說就他個人來看，他寧可被人家歸類為強盜或是強暴犯，也好過破產。不過他人真的不錯。」她說。

「快回家吧，」李奧說。「叫一輛計程車回家吧。」

「不行，」她說。「我說過了，我們才吃到一半。」

「我去接妳。」他說。

「不要，」她說，「我說了我們就快結束了。我跟你說過，這是交易的一部分，花錢的人總想多得一點好處。放心啦，我們就快走了。我過一會兒就回來。」她掛斷了電話。

過幾分鐘，他撥電話到新吉米，一個男的來接聽。「新吉米今天晚上打烊了。」男的說。

「我要找我太太說話。」李奧說。

「她在這兒工作嗎？」男的問。「她是哪位？」

「她是客人，」李奧說。「她跟一個人一起來的。一個生意人。」

「我認識她嗎？」男的說。「她什麼大名？」

「我想你不會認識她的。」李奧說。

「沒關係，」李奧說。「沒關係了。我看見她了。」

「新吉米謝謝你來電話，」男的說。

李奧趕到窗口。一輛他不認得的車子在屋子前面減慢了速度，接著又突然加速。他等著。兩三個鐘頭之後，電話又響了。他拿起話筒，線那頭根本沒人，只有嘟聲。

「我在這裡啊！」李奧衝著話筒尖吼。

天快亮的時候，他聽見門廊有腳步聲，他從沙發上起來。電視嗡嗡的響，螢幕還在閃。他打開門。她跌跌撞撞的蹭著牆壁進來。她咧開嘴笑，臉很浮腫，好像是服了鎮定劑睡覺的樣子。她努努嘴唇，他揮拳過來的時候她吃力的晃開。

「來呀，」她口齒不清的說，搖搖晃晃的站著。只見她大喊一聲，整個人撲了上來，抓住他的襯衫，一把扯開。「破產！」她尖叫，一邊扭開身子，揪住他的內衣領口又撕又扯。

「你這個混蛋！」她用指甲狠抓他。

他捉住她的手腕，又把它放開，退後一步，他想找一樣夠分量的東西。她東倒西歪的往臥室走。他聽見她栽倒在床上呻吟。

他等了一會兒，往自己臉上猛潑水，再走進臥室。他開亮燈，看著她，開始幫她脫衣服。他把她拉過來轉過去的脫著。她在睡夢中嘀咕了幾句，動了動手。他脫了她的底褲，湊在燈光下仔細的看，看完便扔到牆角裡。他拉開被單，把光著身子的她裹進去，然後打開她的包包。就在看著那張支票的時候，他聽見有車子開上了車道。

他透過窗簾望著，看見那輛敞篷車停在車道上，引擎還在運轉，車頭燈也亮著，他閉閉眼再睜開，瞧見一個高個子轉到車子前面走上門廊。那人好像把什麼東西擺在門廊上，再走回車子。他穿著一套白色的亞麻西裝。

李奧開了門廊的燈，謹慎的把門打開。她的化妝包躺在最上層的台階上。那人隔著車頭看了看李奧，轉身上車，鬆開手煞車。

「等一下！」李奧喊著走下台階。待他走到亮車燈的位置，那人踩了煞車。車子吱的一聲煞住。李奧盡量把扯成兩片的襯衫拉攏起來，塞進長褲裡。

「你要幹什麼？」那人說，「聽著，我得走了。我沒半點惡意。我是二手車商，懂吧？這位女士忘了拿化妝包。她是個好女人，非常優雅。怎麼樣，什麼事？」

李奧靠著車門看著那人。那人把手從方向盤上移開一下，又放回去。他打了倒檔，車子稍稍的往後挪動。

「我要告訴你。」李奧說著舔了舔嘴唇。

厄奈斯特．威廉臥室的燈亮了，窗簾往上捲。

李奧搖了搖頭，再塞了塞襯衫；他往後退，離開車門。「星期一。」他說。

「星期一。」那人邊說，邊留意著突發狀況。

李奧很慢很慢的點點頭。

「那就晚安了，」那人咳了一聲。「放輕鬆，聽明白了吧？星期一，沒錯。好吧，就這樣了。」他放開煞車板，退了兩三呎之後又再踩上。「欸，有個問題。純粹朋友之間的，這車子真的跑了那麼多里程嗎？」那人等了一會兒，清清嗓子。「好吧，反正也沒什麼關係了，」那人說。「我得走了。放輕鬆啊。」他把車倒上大街，迅速開走，連轉彎的時候也毫不停頓。

李奧邊塞著襯衫邊走回屋子。他鎖上前門再檢查一遍，然後，進去臥室也把房門鎖了。他拉開被單，關燈前看看她。接著他脫去衣物，仔細的摺好放在地板上，便鑽進被窩躺在她身邊。他平躺了一會兒，扯著肚子上的毛，轉著心念。他看著臥室的門，就著外面昏暗的光線能看出一些輪廓。過一會兒他伸出手，碰碰她的屁股，她不動。他側轉身，把手擱在她的屁股上，手指在她屁股上遊走，感覺著上面的抓痕。一道道的像路，他繼續在她的肉身上追蹤這些道路。他的手指在上面跑過來跑過去，跑完一道，再來一道。這些路痕在她肉身上到處都是，幾十條，或許幾百條都不止。他記得買下那輛車的第二天早晨醒來，看見它就在那兒，在車道上，在陽光裡閃閃發亮。

21 信號

那天晚上韋恩和卡洛琳訂的第一項奢華計畫就是，他們去了阿度，是靠北邊一家新開的高檔飯店。他們倆穿過豎著許多小雕像、四面有圍牆的小庭園，一個穿深色西裝、灰髮的高個子迎上來說，「晚安，先生、夫人。」同時為他們拉開厚重的門。

進到裡面，阿度本人帶他們參觀鳥房——有一隻孔雀，一對金色的雉雞，一隻中國種的環頸雉雞，和許多叫不出名字的鳥類，有的在飛，有的歇著。阿度親自為他們帶位，先伺候卡洛琳坐下，然後轉向韋恩，「好可愛的一位女士。」他說完這一句才告退——一個個子矮小、皮膚微黑、口音輕軟、沒得挑剔的男人。

他們對他的殷勤非常受用。

「我看報上說，」韋恩說，「他有個叔叔在梵蒂岡擔任不錯的職位，所以他才能夠弄到這些畫作的複製品。」韋恩朝著就近的牆面上一幅維拉斯奎茲①的複製品點了點頭。「他的

①Diego Rodriguez de Silvay Velázquez，一五九九—一六六〇，文藝復興時期西班牙大畫家。

叔叔在梵蒂岡。」韋恩說。

「他以前在里約的柯帕卡巴那飯店當外場總管，」卡洛琳說，「他認識法蘭克・辛那屈②，拉娜・透納③也是他的好朋友。」

「是嗎？」韋恩說。「這我倒是不知道了。我只知道他曾經在瑞士的維多利亞飯店和巴黎幾家大飯店待過。至於他在里約的柯帕卡巴那做過，我倒是不知道。」

侍者擺上沉重的高腳杯，卡洛琳把手提包稍稍的挪開一些。他倒完水，再轉到韋恩這一邊。

「妳有沒有看到他穿的西裝？」韋恩說。「現在很少看到這樣的西裝了。那一套得要三百塊呢。」他拿起菜單。看了一會兒，他說，「如何，妳想吃什麼？」

「我不知道，」她說。「我還沒決定。你想吃什麼？」

「我不知道，」他說。「我也還沒決定。」

「這幾樣法國菜呢，韋恩？還是這種？在這裡，這一邊。」她用手指著，然後瞇著眼看著他，他正在那兒研究菜單上的文字，嘟著嘴，皺著眉，直搖頭。

「我不知道，」他說。「我想知道我吃的到底是什麼，我真的看不懂。」

侍者帶了卡片和鉛筆過來說了一些話，韋恩聽不太懂他的意思。

「我們還沒決定，」韋恩說。見侍者站在桌位旁不走，他搖了搖頭。「我們想好了會叫你的。」

「我就來一塊沙朗牛排。妳點妳要的吧。」侍者離開之後，他對卡洛琳說。他合攏菜單舉起高腳杯。另外幾桌客人說話的聲音很低，韋恩聽得見鳥房那邊傳來悅耳的鳥啼。他看見阿度在招呼四位一組的客人，邊笑邊寒暄的帶領他們到一張桌位前。

「我們應該挑一個更好的位子，」韋恩說。「不要像這樣坐在正中央，什麼人都會經過看著你吃。我們應該坐靠牆的位子，或者靠噴泉那邊的。」

「我想我來一份小圓菲力吧。」卡洛琳說。

她繼續看著菜單。他拍出一根菸，點上，然後看看四周其他用餐的客人。卡洛琳仍舊盯著菜單。

「好了，要是決定了，就把菜單闔上，叫他過來點菜吧。」韋恩舉起手臂招侍者，那名侍者站在後方跟另一個侍者在聊天。

「正事不幹，在那兒瞎聊。」韋恩說。

「他來了。」卡洛琳說。

②Frank Sinatra，一九一五—一九九八，美國著名演員及歌星。
③Lana Turner，一九二一—一九九五，美國著名影星。

「先生？」侍者是一個滿臉痘痘的瘦子，穿一套鬆垮垮的西裝，打著黑領結。

「……我們還要一瓶香檳，我看，小瓶的吧。就是那種，你知道，本地的。」韋恩說。

「是的，先生。」侍者說。

「香檳先來，再上沙拉和開胃菜。」韋恩說。

「喔，開胃菜一起上吧，」卡洛琳說。「謝謝。」

「好的，夫人。」

「這些傢伙沒一個正經的，」韋恩說。「妳記得那個叫布魯諾的傢伙嗎，就是一個星期在辦公室待五天，星期六日去當服務生的那個？弗雷逮到他在偷小費箱子裡的錢。我們叫他走路了。」

「我們談些愉快的事吧。」卡洛琳說。

「好啊，當然。」韋恩說。

侍者在韋恩的杯子裡注了一些香檳，韋恩拿起酒杯，嘗了嘗，說，「不錯，很好。」接著他說，「來，敬妳，親愛的，」他把杯子高高舉起。「生日快樂。」

兩人碰杯。

「我喜歡香檳。」卡洛琳說。

「我喜歡香檳。」韋恩說。

「我們其實可以叫一瓶藍瑟的。」卡洛琳說。

「妳剛剛怎麼不說呢？」韋恩說。

「我不知道，」卡洛琳說。「剛剛沒想到。這個也很好啊。」

「我對香檳總搞不太清楚。不瞞妳說，我在這方面實在不是什麼……行家。也不怕妳笑話，我很外行。」他哈哈笑著，想捕捉她的眼光，她卻忙著在挑揀開胃菜裡的橄欖。「不像妳最近常在一起的那些人。不過既然想喝藍瑟，」他說個不停，「妳就點藍瑟啊。」

「啊呀，閉嘴啦！」她說。「你就不能說些別的嗎？」她抬起眼看著他，他不得不別開視線，兩隻腳卻在桌子底下動個不停。

他說，「要不要再喝一點香檳，親愛的？」

「好，謝謝。」她輕輕的說。

「敬我們兩個。」他說。

「敬我們兩個。我親愛的。」她說。

喝酒的時候他們彼此注視著對方。

「我們應該常常這樣才對。」他說。

她點點頭。

「經常出來走走很好啊。只要妳喜歡，我會朝這方面努力的。」

她伸手取芹菜。「那得看你了。」

「這是什麼話！這怎麼會是我……我……」

「你什麼？」她說。

「妳做什麼我都不會在乎的。」他說著垂下眼睛。

「真的？」

「我不知道為什麼要說起這個。」他說。

侍者端來了湯，取走酒瓶和酒杯，再把高腳水杯裡的水注滿。

「可以給我一支湯匙嗎？」韋恩問。

「什麼，先生？」

「湯匙，」韋恩重複一遍。

侍者一臉錯愕的表情，朝其他的桌位張望。韋恩在湯上做了一個舀湯的動作。阿度在位子旁邊出現了。

「一切都還好嗎？有沒有什麼問題？」

「我先生好像沒有湯匙，」卡洛琳說。「不好意思啊。」她說。

「不會不會，應該的，une cuiller, s'il vous plaît④，」阿度對著侍者不慍不火的說。他看一眼韋恩再對卡洛琳解釋。「這個保羅今天晚上是他第一次。他幾乎不會說英語，不過他確實是個很優秀的侍者，我相信您也一定會同意的。我說的就是這個排桌子忘了擺湯匙的男孩。」阿度微微一笑，說：「難怪保羅慌了。」

「這地方好漂亮。」卡洛琳說。

「謝謝，」阿度說。「您的光臨是我的榮幸。您願不願意看看我們的酒窖和私人包廂？」

「非常願意。」卡洛琳說。

「等您用完餐，我就會派人帶您參觀一下。」阿度說。

「太好了。」卡洛琳說。

阿度略微欠身，又再看一眼韋恩。「祝兩位用餐愉快。」他對他們兩個說。

「那個渾球。」韋恩說。

④法文，請拿支湯匙來。

「誰？」她說。「你在說誰？」她擱下湯匙。

「那個服務生，」韋恩說。「那個服務生。那個新來的最蠢、最呆的服務生，我們偏偏碰上他。」

「喝你的湯吧，」她說。「別發火了。」

韋恩點上一支菸。侍者來上沙拉取走湯碗。

開始吃主餐的時候，韋恩說，「現在，妳的看法如何？我們還有沒有機會？」他往下看，整理著腿上的餐巾。

「也許吧，」她說。「可能性總是有的。」

「別跟我來這一套，」他說。「直接給個答案吧。」

「你少對我吼。」她說。

「我是在問妳啊，」他說，「給我一個直接的答案。」他說。

她說，「你要我簽血書嗎？」

他說，「這個主意倒不壞。」

她說，「你給我聽著！我已經把一生當中最好的歲月給了你。我最好的青春歲月。」

「『妳』最好的青春歲月？」他說。

「我三十六歲，」她說。「今晚就三十七了。今晚，現在，這一刻，我還拿不定主意該怎麼辦。我得再看看。」她說。

「妳怎麼決定我都不在乎。」他說。

「真的？」她說。

他扔下叉子，把餐巾往桌上一拋。

「你吃完了？」她愉快的問。「喝咖啡吃甜點吧。我們來點一份好吃的甜點，要特別一點的。」

她把餐盤裡的東西吃得精光。

「兩杯咖啡，」韋恩對侍者說。他看看她再看回侍者。「你們有什麼甜點？」

「什麼，先生？」侍者說。

「甜點！」韋恩說。

侍者先看卡洛琳再看韋恩。

「不要甜點了，」他說。「我們什麼甜點都不吃了。」

「巧克力慕斯，」侍者說。「柳橙雪寶，」侍者說。他笑起來，露出一口爛牙。「什麼，先生？」

「我堅決不要參觀這個地方。」等侍者走開，韋恩說。

§

他們離開座位時，韋恩扔了一塊錢紙鈔在咖啡杯旁邊。卡洛琳從包包裡抽出兩塊錢，按平整了，跟他那一塊錢並排放著，三張紙鈔排成了一列。

韋恩去付帳，她在一旁陪著。從眼角餘光，韋恩看見阿度站在近門的地方向著鳥房撒穀粒。阿度朝他們的方向看過來，面帶微笑，手指繼續搓撒著穀粒，那些鳥兒聚集在他前面。他兩手互相拍撣了一下，走向韋恩，韋恩別開視線。當阿度走近時，他稍微的、很刻意的轉過身，然後等他再回過頭時，卻看見阿度執著卡洛琳那隻等待的手，瀟灑的併攏腳跟，親吻著卡洛琳的手腕。

「夫人對今天的晚餐還滿意嗎？」阿度說。

「太棒了！」卡洛琳說。

「您以後會常來嗎？」阿度說。

「會的，」卡洛琳說。「只要有機會。下一次，我就要你同意讓我四處去參觀一下，這次我們得先走了。」

「親愛的女士，」阿度說。「我有一樣東西要給您，請等一會兒。」他搆到近門口的一張桌子，姿態優雅的掰了一枝長梗玫瑰回來。

「給您，親愛的女士，」阿度說。「但是請小心。有刺。真是一位可愛的女士，」這話他是對著韋恩說的。他向韋恩微微一笑，便轉身迎接另一對客人去了。

卡洛琳站在那裡。

「快走吧。」韋恩說。

「你看明白了吧，這就是他可以跟拉娜・透納做朋友的原因。」卡洛琳說。她拿著那枝玫瑰在手指間轉著。

「晚安！」她衝著阿度的背後叫著。

阿度卻忙著在挑選另一朵玫瑰。

「我看他連她是誰都不知道。」韋恩說。

22 能不能請你安靜點？

一

勞夫．威曼十八歲那年第一次離開家，他受教於父親——傑弗生小學的校長兼威佛鎮麋鹿俱樂部附屬樂隊的小喇叭手——他父親說，人生是個非常嚴肅的課題，是一項從年輕開始就需要毅力和目標堅持的志業，一項非常艱巨的任務，這個事實大家都知道，但絕對值回票價，勞夫．威曼的父親如此相信，如此說。

上了大學的勞夫，人生目標卻很模糊。他想做醫生，又想做律師，他選了醫學預科的課，還有法學史和商事法的課，後來發現他既沒有醫學上必須具有的客觀情緒，也沒有鍥而不捨研究法律的精神，尤其要讀那麼多有關財產和繼承的條文，雖然他仍舊在這裡那裡的上著醫學和商務方面的課程。勞夫同時也選了一些哲學和文學方面的課，他覺得自己一直處在某種自我大發現的邊緣。然而，大發現卻始終沒有到來。而就在這個期間——照勞夫後來的說法是在人生的最低潮——他相信自己差不多就要完蛋的時候，他參加了一個兄弟會，夜夜酗酒買醉。當時他酗酒出了名，被人家叫作「傑克遜」，這是依據「小酒桶」酒保的名字取的。

然後，在他讀到第三年的時候，一位非常權威的老師影響了他。他的名字叫麥斯威爾博士，他是一個四十出頭、風度翩翩的英俊男人，舉止優雅，帶著一點點南方的口音，勞夫對他永生難忘。他受教於凡德堡大學①，再赴歐洲進修，之後回來東部參與一兩家文學雜誌的工作。勞夫後來說，幾乎是一夜之間，他就改變了主意，決定以教書為職志。他不再酗酒了，開始埋頭苦讀，不到一年，他就入選Omega Psi Phi②，同時成為英研社的一員，他並且應邀，帶著他那把三年沒拉過的大提琴，加入一個剛成立的學生室內樂團，甚至成功的選上高年級學生會長。也就在那時候，在喬叟詩文的課堂上，他遇到了瑪莉安．羅斯——一位坐在他旁邊蒼白有型、纖細高䠷的女生。

瑪莉安．羅斯留著一頭長髮，偏愛高領毛衣，肩膀上永遠晃著一只長肩帶的皮包。一雙大大的眼睛，顧盼之間，似乎什麼都看在眼裡了。勞夫很喜歡跟她一起出去。他們倆一起去「小酒桶」，和另外幾個大夥常去的地點，但是他們絕對不許兩人的約會或是第二年夏天的

①Vanderbilt University，一八七三年創校，位在美國田納西州首府納什維爾市。

②國家新聞同業聯誼會，一九一一年成立於哈佛大學，是第一個非裔美國人兄弟聯誼會社團組織。

婚事干擾到彼此的課業。他們是認真的學生，雙方的父母最後也同意了這樁婚姻。春天，勞夫和瑪莉安在奇戈市同一所高中擔任教職，六月一起參加畢業典禮。兩個星期後，他們在聖雅各聖公會教堂完婚。

婚禮的前一晚，他們倆手牽手許下諾言，要長保婚姻的刺激度和神祕感，直到永遠。

他們的蜜月去了瓜達拉哈拉③，正當兩人盡情的參觀一些破敗的教堂和光線黯淡的博物館，享受著午後「瞎拼」和探索市場的樂趣時，勞夫私底下已經被當地的髒亂和性開放驚嚇到不行，急於回歸到安全的加州。不過，有一個令他難以忘懷又心神不寧的印象，倒是跟墨西哥毫無關係。那是一天下午，接近黃昏，勞夫從塵土飛揚的路上走向他們租來的小屋，瑪莉安一動也不動的靠著鐵欄杆。她的長髮搭在肩膀前面，她沒在看他，她凝視的是遠方的某處。她穿著白色的上衣，一條鮮紅的圍巾圍在頸間，他看得見她的胸脯杵在白色的布料裡。他的胳臂底下夾著一瓶黑色的、沒貼標籤的酒，這整個場景都讓勞夫覺得像是哪一部電影中的一幕，極度戲劇化，瑪莉安可以完全融入而他卻不能的一刻。

他們在度蜜月之前已經接下尤利卡一所高中的教職，那是位在加州北邊伐木區裡的一個城鎮。一年後，兩個人確定這所學校和這個小城完全符合他們定居的條件，於是在火丘陵區分期付款買了棟房子。勞夫覺得，他其實並沒有認真想過，只是認為他和瑪莉安彼此間非常了解對方——最起碼，也跟一般夫婦的情況差不多。更何況，勞夫覺得自己很了解自己——什麼可以做，什麼不可以做，都是要經過審慎的評估才能往前走。

他們有兩個孩子，桃樂珊和羅伯特，一個五歲、一個四歲。生下羅伯特幾個月後，瑪莉安應聘到小城邊緣的二專擔任英法文講師，勞夫繼續待在原來的高中。他們自認為是幸福快樂的一對，唯一對婚姻造成傷害的只有一件事，但那也是過去式了，是在兩年前的冬天。那次以後他們絕口不提這件事。雖然勞夫有時候還會想起——憑良心說，他願意承認他想的次數愈來愈多。不斷增強的、變大的影像，經常在他眼前上映，那是些離譜到無法想像的情況。然而，這事已經深植他的腦海，是他的妻子曾經背叛他，跟一個名叫米歇爾·安德生的男人。

現在是十一月裡一個星期天的夜晚，兩個孩子睡了，勞夫很睏，他坐在長沙發上整理報紙，廚房傳來收音機裡輕柔的廣播聲，瑪莉安在熨衣服，他感覺到無比的幸福。他對著面前的試卷看了很久，把它們聚攏起來關了燈。

「忙完了，親愛的？」見他出現在廚房門口，瑪莉安笑笑的說。她坐在高腳凳上，熨斗

③Guadalajara，墨西哥第二大城市。

豎在一旁，彷彿她早就在等著他似的。

「哪有，真要命。」他誇張的扮個鬼臉，把一疊試卷拋到餐桌上。

她哈哈大笑——愉快爽朗的笑聲——她揚起臉等著他的親吻，他在她臉頰上小小的啄一下。然後，他在桌邊拉開一張椅子坐下來，往後靠著看著她。她又笑了笑，垂下眼簾。

「我都快睡著了。」他說。

「咖啡？」她說著用手背貼了貼咖啡壺。

他搖頭。

她拿起擱在菸灰缸上的香菸，看著地板抽了一口，再放回菸灰缸。她看著他，一抹暖意掠過她的臉。她長得高䠷，全身富有彈性，胸線漂亮，窄臀，眼睛大而迷人。

「你有沒有想起過那個派對？」她看著他問。

他怔了一下，在椅子上動動身子，說，「什麼派對？妳指的是兩三年前的那一個？」

她點點頭。

他等著，見她沒有後續的說法，他才說，「怎麼了？妳現在忽然又提起來，怎麼了？」緊接著又說：「他吻了妳，不是嗎，就在那一晚？我的意思是，我知道他吻了。他確實吻了妳，不是嗎？」

「我只是想到了問問你而已，」她說。「有時候我還會想起。」她說。

「哎，他確實吻了，是嗎？說啊，瑪莉安。」他說。

「你有沒有再想起過那個晚上？」她說。

他說，「還好。過很久了，不是嗎？三四年前吧。妳現在可以老實說了，」他說。「現在跟妳說話的還是同一個老公，對吧？」兩個人一起大笑，她突然說，「沒錯。」她說，「他確實吻了我幾次。」她微微一笑。

他知道他應該努力配合她的微笑，可是他做不到。他說，「妳之前對我說他沒有。妳說他只是開車的時候攬著妳。到底哪個才對啊？」

「你幹嘛這樣？」她像在說夢話似的。「妳那一整晚去了哪裡？」他在吼，站在她面前，兩腿發軟，拳頭朝後準備再度出手。她說了，「我什麼也沒做。你幹嘛打我？」她說。

「我們怎麼會扯到這上頭來了？」她說。

「是妳提起來的。」他說。

她搖頭。「我不知道怎麼會想起這事。」她抿著上嘴唇，望著地板。過一會兒，她直起肩膀抬頭看。「幫我把燙衣板移開，親愛的，我來弄一些熱飲。一杯加奶油的蘭姆。怎麼樣？」

「好啊。」他說。

她走進客廳開了燈，彎腰撿起地上的一本雜誌。他盯著她羊毛格子裙底下的屁股。她移向窗前，站在那裡看窗外的街燈。她一隻手掌順著裙子，把上衣塞到裙子裡。他在納悶，不知道她曉不曉得他一直在盯著她看。

他把燙衣板擱在陽台上的壁凹裡，坐了下來，等她回到廚房，他說，「哎，那晚妳跟米歇爾·安德生之間還發生了些什麼事？」

「什麼也沒有，」她說，「我在想別的事情。」

「什麼事？」

「孩子們的，想著給桃樂珊準備明年復活節穿的衣服。想著我明天要上的課。我很好奇他們對韓波④的興趣會有多少，」她放聲大笑。「我可不是有心要押韻——真的，勞夫，真的，什麼事也沒發生。真的很抱歉提到這件事。」

「算了。」他說。

他站起來靠著冰箱旁邊的牆壁，看著她往兩個杯子裡加了一勺糖，調了一下蘭姆酒。水滾了。

「我說，親愛的，提了就提了吧，」他說，「都已經是四年前的事了，我認為沒有什麼不能說的，想說就說。是吧？」

她說，「真的沒什麼可說了。」

他說，「我想知道。」

她說，「想知道什麼？」

「他除了吻妳還做了什麼。我們都是成年人了。我們有多少年沒再見到安德生夫婦了，往後大概也不可能再見面，而且這事已經過去了那麼久，還有什麼不可以談的呢？」理性的口氣連他自己都感到有些驚訝。他坐下來看著桌布再抬頭看她。「如何？」他說。

「這個嘛，」她皮皮的笑著，像小女孩似的歪著腦袋，回憶著。「不要，勞夫，真的。還是不說的好。」

「我的老天，瑪莉安！我『不是』在開玩笑。」他說，就在這一瞬間他明白了自己的心思。

她關掉瓦斯，兩隻手按著凳子，然後坐下來，腳跟勾著凳子底下的橫檔。她身子向前傾，兩條胳臂歇在膝蓋上，胸部跟著往前推。她把裙子上的一點細屑剔除掉，抬起頭。

「你應該記得吧，艾蜜莉那天跟畢提夫婦先回家了，米歇爾不知怎麼的留了下來。那晚他好像不大高興，從一開始就在鬧情緒。我不清楚，也許他們兩個——他和艾蜜莉處得不太好，不過我弄不太清楚。當時在場的有我跟你，還有弗蘭克林夫婦，再就是米歇爾．安德

④Jean Nicolas Arthur Rimbaud，一八五四—一八九一，十九世紀法國著名詩人。

生。我們大家都有些醉了。我也不知道事情是怎麼發生的，勞夫，總之我和米歇爾兩個人剛巧單獨一起在廚房裡待了一會兒，威士忌全喝光了，只剩下半瓶白酒。那時候應該快要一點了吧，因為米歇爾說，『如果我們有飛天大翅膀就可以在酒鋪打烊之前及時趕到。』你知道他有時候說話的樣子，好誇張的，手舞足蹈，表情豐富！反正他最會這一套了。當時大概就這樣。而且喝得很醉，我必須強調。以當時的情形，我也一樣。是一股衝動吧，勞夫，我真不知道為什麼我會那麼做，別問我，反正他一說我們走——我就答應了。我們走到屋子後面，他停車的位置。我們就這樣……我們就是……甚至連外套都沒拿，我們以為去個幾分鐘就回來了。我不知道我們在想什麼，我在想什麼，我不知道我『為什麼』要去，勞夫。就是一股衝動，我只能這麼說。是錯誤的衝動。」她停頓。「那晚是我的錯，勞夫，很對不起。我不應該做出那樣的事——我知道。」

「什麼話！」他迸出這一句。「妳一直就是這個樣子，瑪莉安！」他立刻驚覺他抖出了一個新的、千真萬確的事實。

他想要指控的罪名有一籮筐，他努力集中在一個單項上。他垂眼看自己的手，發現它們的模樣一如當初他看到她站在陽台上的那時候，絲毫不動聲色。他拾起了桌上的紅筆又放了下來。

「我在聽。」他說。

「在聽什麼？」她說。「你又吼又氣的，勞夫。為了莫須有的事——莫須有的事啊，親愛的！……『其他』什麼事也沒有。」她說。

「繼續。」他說。

她說，「我們到底是怎麼了？你知道怎麼會搞成這樣嗎？我真的不知道怎麼會搞成這樣。」

他說，「繼續，瑪莉安。」

「就這些，沒了，勞夫，」她說。「我已經都說了。我們開車兜風聊天。他吻了我。到現在我還是不明白我們怎麼可能出去了三個鐘頭——或者這話是你說的。」

「告訴我，瑪莉安，」他說。他知道不止這些，他知道一定還有。他有反胃的感覺，過一會他說，「算了。如果妳不想告訴我，就算了。其實，我也不想追究了。」他說。他閃過一個念頭，今天晚上躲到什麼地方去做些別的事，要是沒結婚或許可以圖個清靜。

「勞夫，」她說，「你不會真的生氣吧，會嗎？勞夫？我們只是隨便聊聊。你不會的，是吧？」她移到桌邊的一張椅子上。

他說，「我不會。」

她說，「你保證？」

他說，「我保證。」

她點起一支菸。他忽然有一個強烈的慾望想要看看兩個孩子，想要把他們從床上拉起來，把他們從熟睡當中拖過來，把他們抱到膝蓋上，一邊一個，顛上顛下的把他們全都搖醒。然而，他把全部的注意力都集中到桌布的圖案上面，一輛小小的黑色馬車。四匹小小的白馬各拉著一輛小小的馬車在跑，像是車夫的那個身影抬著手臂，戴著高帽，車頂上綁著一些箱子，旁邊掛著一盞類似的煤油燈，即便是他聽見了什麼，那應該也是從黑色車廂裡傳出來的。

「……我們直接開到酒鋪，我就在車上等他。他一手提著酒袋，一手拿著一包塑膠袋裝的冰塊。他搖搖晃晃的鑽進車子。一直到我們再開車上路，我才知道他醉得那麼厲害。我注意到他開車的樣子，真是離譜得慢，他整個人拱在方向盤上。我們聊了許多不知所云的東西，我記不太得了。我們談尼采，談史特林堡⑤。他第二學期要導《茱莉小姐》⑥。後來又說到諾曼·梅勒⑦用小刀刺傷他太太胸部的事。後來他在路當中停了一會兒。我們就著酒瓶各喝了一口酒。他說他不願意想到我的胸部被刀刺傷，他說他想吻我的胸部。他把車停到路邊，把他的頭擱在我的腿上……」

她愈說愈快，他坐在那裡兩手交疊在桌上，眼睛盯著她的嘴唇。他的眼睛掃過廚房——爐子、餐巾托架、碗櫃、烤箱，再回到她的嘴唇，回到桌布上的馬車。他忽然有一種想要她撫摸他下體的奇特慾望，然後，他感覺到那馬車一直在搖一直在搖，他想叫「停」，然後，他聽見她說，「他說我們要不要來一下？」然後，她繼續的說，「錯在我。都怪我。他說一切都由我決定，我要怎樣都行。」

他閉上眼睛，甩甩頭，試圖創造一些可能性，一些其他的結論。他真的在懷疑，他不知道可不可以復原兩年前的那個夜晚，他想像自己就在他們到門口的時候走進廚房，聽見自己用最誠摯的聲音對著她說，噢不要，不要，妳千萬不要跟這個米歇爾·安德生出去！這傢伙喝醉了，開車技術又差，況且妳現在該睡了，明天一早要跟小羅伯特和桃樂珊一起起床的，站住！妳給我站住！

他張開眼。她一手摀著臉，出聲哭著。

「妳這是為什麼呢，瑪莉安？」他問。

她只是搖著頭，不肯往上看。

忽然間他懂了！他的心頭一緊。一時間他只能呆呆的瞪著自己的手。他懂了！他懂了，他的心在狂呼。

---

⑤August Strindberg，一八四九—一九一二，瑞典劇作家。

⑥Miss Julie，一八八八年史特林堡極具爭議性的劇本。

⑦Norman Mailer，一九二三—二〇〇七，美國著名作家，兩度榮獲普立茲獎。

「天哪！不！瑪莉安！我的天哪！」他說，他往後倒彈。「天哪！原來如此啊，瑪莉安！」

「不，不是的。」她說，她的頭往後仰。

「是妳讓他做的！」他大吼。

「不，不是的。」她哀求。

「是妳讓他做的！來一下！對不對？對不對？來一下！他是不是這麼說的？回答我！」他吼著。「他是不是操了妳？你們玩一下的時候，妳是不是讓他操了妳？」

「聽我說，你聽我說，勞夫，」她抽泣著。「我發誓他沒有。他沒有。他沒有操我。」她在椅子上左右搖著。

「噢天哪！該死啊妳！」他厲吼。

「天哪！」她站起來，攤開雙手。「我們是不是瘋了，勞夫？我們失去理智了嗎？勞夫？原諒我，勞夫，原諒——」

「別碰我！滾開！」他吼著，狂吼著。

她在驚嚇中喘著，試圖攔住他。他扣住她的肩膀一把將她推開。

「原諒我，勞夫！求求你，勞夫！」她尖叫著。

二

他連路都走不動了，必須停下來靠著一輛車子。兩對穿著晚宴服的男女從人行道上漸漸走近，其中一個男的在大聲說著什麼事情，其他幾個哈哈大笑。勞夫離開車子穿過馬路。幾分鐘之後，他來到布萊克的店，有幾個下午去托兒所接兩個小孩之前，他會進來這裡，跟迪克．柯涅格一起喝杯啤酒。

店裡很暗。沿著一面牆的桌位上，燭火在長頸的瓶子裡閃動。勞夫隱約瞧見男男女女在交談的身影，一個個頭碰著頭。在近門口的地方，有一對男女停止說話，抬頭看他。天花板上一只箱型的東西在頭頂上不停的旋轉，吧台盡頭坐著兩個男人，像剪影似的一個男人挨著角落的點唱機，兩隻手分別巴在玻璃的兩邊。那人準備要點播什麼，勞夫彷彿有了重大發現似的，站在地板中央，專注的看著那個男人。

「勞夫！威曼先生！」

他四面張望。原來是大衛．帕克斯在吧台後面喚他。勞夫走過去，還沒坐上凳子，就先重重的趴到吧台上。

「給您來一杯吧，威曼先生？」帕克斯手裡拿著一只玻璃杯，臉上堆著笑。勞夫點點頭，看著帕克斯往杯子裡倒酒，看著他把酒杯斜出一個角度候著酒喉，等到注滿的時候，再熟練的把杯子豎直。

「一切都還好嗎，威曼先生？」帕克斯把一隻腳踏在吧台底下的架子上。「下星期看好哪一隊，威曼先生？」勞夫搖搖頭，把啤酒湊到嘴邊。帕克斯小聲咳了一下。「我請你喝一杯，威曼先生。這杯算我的。」他把腳放下來，一面點頭保證，一面伸手到圍裙後面的口袋裡。「我有。我有。」勞夫說著掏出一些零錢，擺在手心檢查。一枚二十五分的，一枚五分的，兩個一角的，兩個一分的。他仔細的數著，彷彿那裡面藏著有待揭發的密碼。他擱下二十五分的硬幣站起來，把其餘的零錢塞回口袋。那個男人仍舊站在點唱機前面，手分開兩邊撐著。

到了外面之後，勞夫轉了個圈，拿不定主意該做什麼才好。他的心跳得很厲害，像在跑步似的。這時候，他身後的門開了，一男一女走了出來。勞夫往旁邊讓開一步，那對男女鑽進停在路邊的一輛車子裡，勞夫看見那女的在上車的時候頭髮一甩，他從沒見過這麼嚇人的動作。

他沿著街道走到盡頭，過馬路，再走另一條街，他決定前往市區。他走得很急，雙手攏在口袋裡，鞋子啪答啪答的響在人行磚道上。他不斷的眨著眼，心想著怪啊，這居然是他住的地方。他搖頭。很想找個地方坐下來好好想一想，可是他知道他不能坐下，也不能想。他記得有一次在阿卡塔看見一個男人坐在街邊，一個老男人，鬍子沒刮，戴了頂褐色的毛帽，就坐在那裡，兩隻手臂夾在腿中間。然後，勞夫想起：瑪莉安！桃樂珊！羅伯特！不可能，辦不到。他試著回想這將近二十年的所有一切。可是他什麼也想不起來。然後，他想起有一回攔截過一張在學生之間傳遞的字條，上面寫著我們要不要來一下？然後，他想不下去了。然後，他忽然感到極度的寒冷。然後，他想到瑪莉安。他想到不久前看到的她，皺著一張臉。然後，瑪莉安在地板上，牙齒上有血：「你為什麼打我？」然後，瑪莉安把手伸到衣服裡面解開了她的束腰！然後，瑪莉安掀起她的衣裳弓起身子往後仰！然後，瑪莉安興奮了，瑪莉安高喊著，來吧！來吧！來吧！

他停住。他相信他就要吐了。他挪向街邊，不停的吞嚥，抬起頭，一輛載著青少年的車子呼嘯而過，還對著他猛吹響笛。沒錯，這世界出了一堆妖孽，需要找個小小的下水道，一個小小的出口。

他來到第二街，這區的人叫它「二街」。二街從希爾登這裡開始，街燈下這邊的老公寓房子一覽無遺，經過四五條街口就是碼頭，漁船都在那兒停靠。他曾經去過那兒一次，六年前，去過一家二手店，在布滿灰塵的書架上翻看舊書。對街有一間酒鋪，他能夠瞧見有個男人站在玻璃門裡，翻看著報紙。

門上的鈴鐺叮咚響起。這鈴聲幾乎使得勞夫潸然落淚。他買了兩包菸走出來，繼續沿著街走，看看櫥窗，有些櫥窗上貼了些標示；一張跳舞的、去年夏天來過的太陽馬戲團，一張選舉單——弗雷．華特斯參選議員。有一個櫥窗裡，他看見桌上散置著一些水槽和水管接頭，而這個也使得他淚眼汪汪。他來到維克坦尼健身中心⑧，他看得見大窗的窗簾底下透出來的燈光，聽得見裡面泳池裡嘩嘩的戲水聲和迴盪在水面上的歡笑聲。這會兒燈光更多了，來自街道兩邊的酒吧和飯館，人也更多，多半三五成群，偶爾也會有單獨一個男的或是一個穿著鮮豔寬口褲的女人快步走過。他停在一扇窗戶前面看著幾個黑人在打撞球，球桌上方的煙氣在燈光裡飄浮著。有一個男人在給球桿上粉，戴著帽子，叼著菸，一面跟另外一個男人說著話，兩個男人都咧開嘴在笑，那第一個男人專注的看著球，朝著球桌矮下身子。

到了「吉姆的牡蠣屋」前面，勞夫停了下來。之前他從沒來過這兒，其實之前這些地方他都沒來過。店門上方用許多黃色的燈泡拼寫出店名：吉姆的牡蠣屋。店名的上面，固定在鐵閘柵上的，是一個霓虹燈效果的巨型蚌殼，從蚌殼裡還伸出兩條男人的腿。男人的身體藏在蚌殼裡，那兩條腿紅閃閃的，忽明忽滅，忽上忽下，看上去就像不停的在那裡踹踢。勞夫拿原先那根菸蒂點上另一支菸，推開店門。

店裡很擠，舞池裡全是人，互相摟著抱著，一副等著樂隊再度上場的架式。勞夫努力的擠向吧台，中途還被一個醉酒的女人揪住他的外套。吧台邊根本沒凳子，他只好站在最遠的一端，擠在一個海岸巡邏隊員和一個穿牛仔衣褲的瘦子中間。他從鏡子裡望見樂隊裡的幾個樂手從桌位上站了起來。他們清一色的穿著白襯衫黑長褲，脖子上圈著紅色的小領結。在一排鐵柵後面有一個燒著瓦斯火焰的壁爐，樂隊的演奏台就在壁爐旁邊。一名樂手一面撥動電吉他的弦，一面對另外幾名樂手說了些什麼，會心的笑了笑。樂隊開始演奏。

勞夫舉起酒杯一飲而盡。他聽見稍遠處有個女人很氣憤的在說，「哪，一定會出事，我就是這句話。」樂手演奏完一曲接著下一曲。其中一個人，是貝斯手，移位到麥克風前面唱起歌來。勞夫聽不懂他在唱什麼。樂隊再次休息，勞夫東張西望找廁所。他隱約看見酒吧最遠的一頭有幾扇門開開關關的，於是朝那個方向走過去。他有些踉蹌，知道自己醉了。有一扇門上框著一對鹿角。他看見有個男的走進去，看見另一個男的拉著門出來。門裡面，他站在三個男人後面排隊，發現自己盯著販賣機上方牆面上畫著的兩條大腿和陰戶不放。底下塗鴉式的寫著：吃我，更底下有人加上一行：貝蒂·M，吃吧——RA52275。前面的男人向前移，勞夫跟著往前一步，他的心彷彿被貝蒂的分量塞滿了。最後，終於輪到他上小便斗尿尿。小便斗上盡是閃電似的裂痕。他嘆口氣，身子向前傾，把頭貼在牆壁上。喔，貝蒂，他想著。他的人生已經改變了，他願意理解，願意承受。是不是有別的男人——他醉醺醺的想

⑧維克·坦尼（Victor Tanney，一九一二—一九八五），被稱為「健康事業之父」，於一九三五年，在紐約州開設第一家健身俱樂部。

著——也能夠在他們生活中發生事件的時候，深入的去了解，之所以造成他們生活產生劇變的那些細微的因素呢？他這樣站立了好一會兒，然後，他往下看：他尿在手指上了。他走向洗手槽，打定主意不用那塊骯髒的肥皂，只用清水沖手。抽捲筒紙巾的時候，他把臉湊近坑坑點點的鏡子，看著自己的眼睛——一張臉，很平常的一張臉。他觸摸一下鏡面，有個男的擦肩過來要洗手，他讓開了。

出了廁所的門，他看見走廊另一頭又有一扇門。他走上前，透過門上的玻璃框，望見四個牌搭子圍著一張綠色的絨氈桌子坐著。勞夫覺得那裡面有著無比的寧靜和舒適，那四個男人無聲的動作，在緩慢沉重當中自有非凡的意義。他貼著玻璃框看著望著，一直看到那四個男人也在看他為止。

回到酒吧，吉他彈得火熱，人群又是口哨又是拍手。一個穿白色晚宴服的中年胖婦被簇擁著上了舞台。她不斷的推辭著要下來，勞夫看得出那只是裝裝樣子罷了，終於她接下了麥克風，稍微的屈個膝。人群吹起口哨用力的蹬著腳。他忽然明白，只有跟那四個牌友待在同一間屋子裡，待在一旁觀戰，他才能得救。他掏出皮夾，翻開夾層，檢查裡面還有多少錢。在他身後，那婦人用低沉慵懶的聲音唱了起來。

發牌的男人抬起頭。

「決定加入我們了？」他說，眼睛朝勞夫掃過一遍，又回到牌桌上。其他幾個只抬了抬眼，立刻回頭專注桌上發的牌。四個人拿起自己的牌，背對著勞夫的那個人誇張的從鼻子裡噴了口氣，在椅子上轉個身瞪著他。

「班尼，再拿張椅子過來！」發牌手對掃地的老頭喊著，老頭在打掃桌子底下，桌邊的幾把椅子全部腳上頭下的翻到了桌面上。發牌手是個大個子，穿著白襯衫，敞著領口，捲著袖子，一度還露出前臂上厚厚的一層黑色捲毛。勞夫吁了一口大氣。

「要不要喝什麼？」班尼拎了把椅子過來問。

勞夫給老頭一塊錢，一面脫下外套。老頭接過外套在門邊掛好，便走了出去。其中兩個人挪了挪座位，勞夫就在發牌的男人對面坐了下來。

「都好嗎？」發牌手對勞夫說，並沒有抬頭看他。

「還好。」勞夫說。

發牌手口氣溫和，但仍舊沒抬頭，「比大小。桌面下注，加碼上限五塊錢。」

勞夫點點頭，一副牌結束，他買了十五塊錢的籌碼。他看著桌上的牌一圈圈快速的發著。他照著他父親以前的做法拾起屬於他的牌，每一張牌落到他面前時，他就把前一張塞到另一張牌角底下。他只抬了一次眼，看著其他幾個人的臉。他狐疑著他們當中是否也發生過類似的情形。

半小時了。他贏了兩把，也不去數面前那一小堆的籌碼，他想應該還有十五或二十多塊錢吧。他用一個籌碼再要了一杯酒，忽然驚覺這一晚他真是經歷了不少，這輩子最多的經歷。傑克遜，他想著。他真成了傑克遜。

「你跟還是不跟？」一個男的問。「克萊德，叫了沒啊，怎麼搞的？」那人對發牌手說。

「三塊。」發牌手說。

「跟。」勞夫說。「我跟。」他放了三個籌碼進賭注堆裡。

發牌手抬起頭看一眼，再回到手上的撲克牌。「你真的需要活動活動了，等這裡完了，上我那兒去吧。」發牌手說。

「不用，這樣就行了，」勞夫說。「今晚活動得夠了。我老婆兩年前跟個傢伙胡搞瞎搞，我今天晚上才發現。」他清了清喉嚨。

一個男的放下手裡的牌點起了菸。他噴口煙看著勞夫，猛地把火柴一彈再拿起那副牌。發牌手抬頭，把兩隻大手歇在桌子上，手上的黑毛捲得更厲害。

「你在這一帶工作？」他對勞夫說。

「我住這兒。」勞夫說。他有掏空的感覺，空得一塌糊塗。

「我們還玩不玩哪？」一個男的說。「克萊德？」

「等一下。」發牌手說。

「搞什麼嘛！」那人小聲的說。

「今天晚上你發現了什麼？」發牌手說。

「我老婆，」勞夫說，「我發現了。」

在巷子裡，他又掏出皮夾，讓手指自動數著剩下的鈔票：兩塊錢——他想起口袋裡還有一些零錢夠去買些吃的東西，但他不餓。他有氣無力的靠著這幢建築，努力集中心思思考。一輛車轉進巷子，停了下來，又再退出去。他開步走，走向來時的路。他緊挨著路邊的建築物，避開人行道上來來往往、喧譁吵嚷的男女，聽見一個穿著長大衣的女人跟她身邊的男人說，「事情不是這樣的，布魯斯。你不了解。」

走到了酒鋪，他停下來。他進去店裡走到櫃台，仔細研究那一排排排列整齊的酒瓶。他買了半品脫的蘭姆酒和幾包菸。瓶子標籤上有幾棵棕櫚樹，大葉子垂著，背景襯著一彎小湖，這幾棵樹吸引了他，他忽然大悟，蘭姆！他覺得自己要昏倒了。那店員——一個穿著背帶褲的禿頭瘦子，把酒瓶放入紙袋，一面敲收銀機還不忘眨眨眼。「今晚有樂子？」他說。

出了酒鋪，勞夫朝碼頭走去，他想看映在水面上的燈光。他想知道麥斯威爾博士對這種事會怎麼處置，他邊走邊把手探進紙袋，撕掉小瓶子上的封條，停在一個門口灌了一大口酒，想著麥斯威爾博士一定會瀟灑的坐在水岸邊。他跨過幾條舊的電車軌道，轉上另外一條更黑、更暗的街。他已經可以聽見碼頭底下浪濤拍岸的聲音，這時他忽然聽到有人從後面接近他。一個穿皮夾克的小黑鬼搶到他前面來說，「等一等，老兄。」勞夫想要閃開。那人說，「嗨，寶貝，你踩了我的腳啦！」勞夫還來不及跑，那黑鬼已經狠狠的一拳揍上了他的肚子，勞夫呻吟著來不及倒下，那傢伙又往他的鼻子補上一拳，把他打得退到牆上，他坐下來一條腿壓在身子底下，來不及想辦法叫自己站起來，那黑鬼又狠摑他的臉頰，硬是把他打趴在人行道上。

三

他把視線固定在一個地方，他看見了，看見好多好多，在陰沉的天空下盤旋衝刺，是海鳥，早晨這個時候，這些鳥群會從海上飛過來這裡。街道很黑，還瀰漫著霧氣，他必須很小心，別踩著潮濕的人行道上匍匐前進的蝸牛。一輛開著大燈的車子經過時減慢了速度。又一輛車經過。接著又是一輛。他看著：工廠員工，他小聲的自言自語。這是星期一的早上。他轉過街角，走過布萊克的店：窗簾都拉下來了，空酒瓶像站衛兵似的站在店門旁邊。很冷。他盡量快走，不時的抱著胳臂搓著肩膀。終於他來到自己的家，門廊上的燈亮著，窗戶全暗。他穿過草坪繞到屋子後面。他轉動門鈕，門靜悄悄的開了，屋子也靜悄悄的。高腳凳還在瀝水台旁邊，他們坐過的桌子也在。當時他從沙發上起來，走進廚房，坐下。他還做了什麼？沒有了。他看看爐子上的鐘。他從這裡可以看見餐廳，餐桌鋪著蕾絲桌布，擺著厚重的紅火鶴玻璃花器，火鶴的翅膀張開著，桌子那一邊的窗幔也拉開著。她是否站在那窗口盼著他？他踏上客廳的地毯。她的大衣外套扔在沙發上，就著黯淡的天光，他看得見大菸灰缸裡裝滿了她抽過的濾嘴菸蒂。走過去的時候，他注意到茶几上的電話簿翻開著。他停在半開的臥房門口。每一樣東西對他似乎都是開著的。有一瞬間他抗拒著想要看她的慾望，然後，他把門再推開一些。她在睡，她的頭偏離了枕頭，面向著牆壁，她的長髮襯著床單顯得更黑，被單從床腳拉上來，全拱在她的肩膀上。她睡在她自己的那一側，她私密的胴體弓在那裡。他凝視著。他到底該怎麼辦呢？收拾東西離開？找一間旅館？做一些安排？到了這種地步，一個男人究竟該怎麼做呢？已經做過的事他都了解。他不了解的是從今往後該做些什麼。屋子非常非常的安靜。

他到廚房坐在桌前，腦袋擱在胳臂上。他不知道該怎麼辦。不只是現在，他想著，不只是因為這個，不只是關於這個，不只是今天和明天，而是在這地球上的每一天。然後，他聽見兩個孩子的聲音。在他們進來廚房的時候，他坐直了嘗試微笑。

「爸爸，爸爸。」他們說，小小的身體奔向他。

「跟我們說故事，爸爸。」兒子說著爬上了他的大腿。

「他不能跟我們說故事。」女兒說。「現在說故事太早了，對不對，爸爸？」

「你臉上怎麼了，爸爸？」兒子用手指著說。

「給我看看！」女兒說，「給我看看，爸爸。」

「可憐的爸爸。」兒子說。

「你臉上怎麼弄的，爸爸？」女兒說。

「沒什麼。」勞夫說。「沒事，寶貝。好了，下來吧，羅伯特，我聽見你媽媽過來了。」

勞夫迅速走進浴室鎖上門。

「剛才是你爸爸嗎？」他聽見瑪莉安在喊。「他在哪，浴室裡嗎？勞夫？」

「媽媽，媽媽！」女兒哭叫著。「爸爸的臉受傷了！」

「勞夫！」她轉動門鈕。「勞夫，讓我進去，拜託，親愛的，勞夫？拜託讓我進去呀，親愛的。我要看你，勞夫？求求你！」

他說，「走開，瑪莉安。」

她說，「我不能走開，求求你，勞夫，把門開一下吧，親愛的。我只想看看你。勞夫。

勞夫？孩子們說你受傷了。怎麼了呢，親愛的？勞夫？」

他說，「走開。」

她說，「勞夫，拜託，開門啊。」

他說，「能不能請你安靜點？」

他聽見她在門外候著，看見門鈕又在轉，然後，他聽見她在廚房走動，幫兩個孩子做早餐，聽見她在回答兩個孩子的問話。他看著鏡子裡的自己，看了好久好久。他對自己扮鬼臉，嘗試著各種表情。然後，他不看了。他離開鏡子坐到浴缸的邊緣，動手解開鞋帶。他坐在那裡，手裡拎著一隻鞋，看著塑膠浴簾上的古帆船在藍藍的大海上航行，他想起了桌布上的黑色小馬車，他幾乎出聲大吼「停！」他解開襯衫，彎下身子嘆了口氣，拿水塞塞住排水孔，放熱水，蒸氣在頃刻間升起。

在坐入熱水之前，他裸身站在瓷磚上。他用手指捏著肋骨上鬆垮的肉，對著起霧的鏡子再次打量自己的臉。當瑪莉安叫喚他的名字時，他著實的嚇了一跳。

「勞夫，孩子們現在去他們的房間裡玩了。我給馮威廉打了電話，說你今天不會去上課，我也打算待在家裡。」接著她又說，「我給你做了一份很好吃的早餐，在爐子上熱著，親愛的，等你洗完澡。勞夫？」

「安靜點，拜託。」他說。

他在浴室裡一直待到聽見她進了孩子們的房間。她在幫他們穿衣服，問他們想不想跟華倫和羅伊一起玩？他穿過屋子進入臥室，關上門，對著床看了一會兒再爬上去。他仰躺著望著天花板。當時他從沙發上起來，走進廚房，然後……坐……下。他用力閉上眼睛，翻身睡向自己的那一邊，瑪莉安進房間來了。她脫下睡袍，坐上床。她把手伸到被子底下開始撫摸他的背。

「勞夫。」她說。

她的手指令他全身一緊，然後，他放鬆了一些。放鬆一些其實挺容易的。她的手蹭上他的屁股，蹭上他的肚子，現在她的身體壓上了他，在他身上磨蹭，來來回回的磨蹭。他忍著，他後來才想到，他要盡量的忍著。然後，他轉向她。他一直翻一直轉，好像準備睡上千年似的。他還在翻轉，為著身體上那些不可能出現的變化驚奇著。

國家圖書館預行編目資料

能不能請你安靜點？／瑞蒙・卡佛（Raymond Carver）著，余國芳譯. -- 初版. --臺北市：寶瓶文化，2011.03
面；公分. --（Island；139）
譯自：Will you please be quiet, please？
ISBN 978-986-6249-39-6（平裝）

874.57　　100001382

Island 139

能不能請你安靜點？

作者／瑞蒙・卡佛（Raymond Carver）　譯者／余國芳

發行人／張寶琴
社長兼總編輯／朱亞君
副總編輯／張純玲
資深編輯／丁慧瑋　編輯／林婕伃・周美珊
美術主編／林慧雯
校對／禹鐘月・陳佩伶・呂佳真
業務經理／黃秀美
企劃專員／林歆婕
財務主任／歐素琪　業務專員／林裕翔
出版者／寶瓶文化事業股份有限公司
地址／台北市110信義區基隆路一段180號8樓
電話／(02) 27494988　傳真／(02) 27495072
郵政劃撥／19446403　寶瓶文化事業股份有限公司
印刷廠／世和印製企業有限公司
總經銷／大和書報圖書股份有限公司　電話／(02) 89902588
地址／新北市五股工業區五工五路2號　傳真／(02) 22997900
E-mail／aquarius@udngroup.com

著作完成日期／一九七六年
初版一刷日期／二〇一一年三月七日
初版十八刷日期／二〇一八年九月六日

ISBN／978-986-6249-39-6
定價／三〇〇元

AQUARIUS 寶瓶 文化事業

愛書人卡

感謝您熱心的為我們填寫，
對您的意見，我們會認真的加以參考，
希望寶瓶文化推出的每一本書，都能得到您的肯定與永遠的支持。

系列：Island139　書名：能不能請你安靜點？

1. 姓名：＿＿＿＿＿＿＿＿＿　性別：□男　□女

2. 生日：＿＿＿年＿＿＿月＿＿＿日

3. 教育程度：□大學以上　□大學　□專科　□高中、高職　□高中職以下

4. 職業：＿＿＿＿＿＿＿＿

5. 聯絡地址：＿＿＿＿＿＿＿＿＿＿＿＿＿＿＿＿＿＿＿＿＿＿＿＿＿＿

聯絡電話：＿＿＿＿＿＿＿＿＿　手機：＿＿＿＿＿＿＿＿＿

6. E-mail信箱：＿＿＿＿＿＿＿＿＿＿＿＿＿＿＿＿＿＿

□同意　□不同意　免費獲得寶瓶文化叢書訊息

7. 購買日期：＿＿＿ 年 ＿＿＿ 月 ＿＿＿日

8. 您得知本書的管道：□報紙／雜誌　□電視／電台　□親友介紹　□逛書店　□網路　□傳單／海報　□廣告　□其他

9. 您在哪裡買到本書：□書店，店名＿＿＿＿＿＿　□劃撥　□現場活動　□贈書　□網路購書，網站名稱：＿＿＿＿＿＿＿　□其他＿＿＿＿＿＿

10. 對本書的建議：（請填代號　1. 滿意　2. 尚可　3. 再改進，請提供意見）

內容：＿＿＿＿＿＿＿＿＿＿＿＿＿＿

封面：＿＿＿＿＿＿＿＿＿＿＿＿＿＿

編排：＿＿＿＿＿＿＿＿＿＿＿＿＿＿

其他：＿＿＿＿＿＿＿＿＿＿＿＿＿＿

綜合意見：＿＿＿＿＿＿＿＿＿＿＿＿＿＿＿＿＿＿＿＿＿＿＿＿＿＿＿＿＿＿

11. 希望我們未來出版哪一類的書籍：＿＿＿＿＿＿＿＿＿＿＿＿＿＿＿＿＿＿

讓文字與書寫的聲音大鳴大放

寶瓶文化事業股份有限公司

（請沿此虛線剪下）

廣　告　回　函
北區郵政管理局登記
證北台字15345號
免貼郵票

寶瓶文化事業股份有限公司　收

110台北市信義區基隆路一段180號8樓

8F,180 KEELUNG RD.,SEC.1,

TAIPEI.(110)TAIWAN R.O.C.

（請沿虛線對折後寄回，謝謝）